Katrin Kaiser

Die schwarze Reiterin

Mary Stuart und Black Agnes

Schneider Buch
EGMONT

Bibliografische Information Der Deutschen Bibliothek
Die Deutsche Bibliothek verzeichnet diese Publikation in der Deutschen Nationalbibliografie; detaillierte bibliografische Daten sind im Internet über http://dnb.ddb.de abrufbar.

Vertrieb durch Egmont vgs verlagsgesellschaft mbH, Köln
Titelbild: Ute Martens
Druck und Bindung: Westermann Druck Zwickau GmbH, Zwickau
ISBN 3-505-12247-5
ab 01.01.2007:
ISBN 978-3-505-12247-7

06 07 / 8 7 6 5 4 3 2 1

1

Das erste Licht des frühen Morgens drang nur mühsam in das Zimmer und erhellte die prachtvollen Schnitzereien am Kopfende des Bettes. Im Dämmerlicht wirkten die hölzernen Vögel im Weinlaub fast lebendig. Unter der Decke rührte sich nichts, auf dem Kopfkissen war das Gesicht unter der Unmenge roter Haare nur zu erahnen. Leise schlich sich eine schlanke Gestalt in das schwach erhellte Zimmer.

„Mary!" Der Eindringling rüttelte an der Schulter der Schlafenden. „Mary, wenn du heute noch ausreiten willst, dann musst du jetzt aufwachen!"

Augenblicklich schlug Mary die Augen auf. Richtig, der Ausritt. Sie schwang ihre Beine unter den schweren Decken hervor, setzte sich auf die Bettkante und gähnte herzhaft.

„Hast du die Kleider von dem Küchenmädchen?"

Flamina nickte. „Habe ich ihr gestern abgeschwatzt. Sie bekommt sie ja heute Vormittag schon zurück, bis dahin muss sie allerdings im Bett bleiben. Du weiß doch – die meisten besitzen nichts anderes als das, was sie auf dem Leib haben."

Mary nickte, während sie ihre langen roten Haare zu einem Zopf flocht.

„Wenigstens kann ich so meinen Geburtstag ganz auf meine Art beginnen. Ein wunderbarer Ausritt im Winter, was gibt es Schöneres? Ist François schon wach?"

Flamina zuckte mit den Schultern. „Keine Ahnung. Wir treffen ihn doch erst in den Stallungen."

Mary griff nach den Kleidern, die ihr Flamina auf das Bett gelegt hatte, und roch daran. Sie rümpfte die Nase.

„Puh! Gewaschen werden die Sachen nicht so oft, oder?"

Flamina hätte beinahe laut herausgelacht.

„Gewaschen? Du machst Witze … Hast du schon mal einen Gedanken daran verschwendet, warum in deinem Hofstaat ein paar Dutzend Köche sind, aber nur ein einziger Wasserträger? Ich konnte nicht auch noch ein Küchenmädchen mit sauberen Kleidern finden, das wäre ein bisschen zu viel verlangt, meinst du nicht? Das arme Ding hat schließlich keine Ahnung, wofür ich ihre Kleider brauche."

Mary grinste und schlüpfte in den einfachen leinenen Schnürleib.

„Komm, sonst wird es zu spät. Und leise: Elisabeth darf nicht aufwachen."

Mary deutete in die andere Ecke des Gemachs, aus dem tiefe ruhige Atemzüge zu hören waren. Da schlief Elisabeth, die zwölfjährige Tochter des Königs. Die beiden Mädchen teilten sich seit sieben Jahre ihr Gemach – aber manchmal wollte Mary lieber mit François allein sein und nicht immer die komplette Kinderschar an Prinzen und Prinzessinnen um sich haben.

Zusammen mit Flamina schlich sie aus dem Zimmer. Es war immer noch früh am Morgen, die Fenster zeichneten sich als schwach erleuchtete Vierecke in den dunklen Gängen des Schlosses ab. Mary sah ihren Atem in der frostklaren Luft. Es war in den letzten Tagen kalt geworden. Kein Wunder, es war Anfang Dezember. Genau vor fünfzehn Jahren hatte Mary in einem zugigen Schloss in Schottland das Licht der Welt erblickt, mitten in einem Schneesturm.

Sie gingen leise die große Treppe hinunter und spähten auf den Hof. Die Wachen schliefen noch, nur die Nachtwache unterhielt ein kleines Feuer. Mary schaute noch einmal nach links und rechts, dann huschten sie mit Flamina über den Hof in die Stallungen. Kaum hatten sie die Tür hinter sich zugezogen, fühlte Mary sich sicher.

Hier im Stall war es viel wärmer als im Schloss. Sie hörte die Ketten leise klirren, mit denen die Pferde in ihren Unterständen angebunden waren. Weiter vorn brannte ein kleines Licht.

Ein Schatten löste sich aus der Dunkelheit und lief auf Mary zu. Es war François, ihr Verlobter.

„Mary! Alles Gute zu deinem Geburtstag! Ich wünsche dir ein wunderbares neues Lebensjahr."

François nahm sie in den Arm. Er war zwar fast einen Kopf kleiner als Mary, aber er fühlte sich ihr kein bisschen unterlegen. Jetzt strahlte er Mary aufgeregt an.

„Lass uns schnell machen, bevor es hell wird und wir doch noch entdeckt werden!"

Er zog geräuschvoll die Nase hoch und wandte sich wieder seinem Pferd zu. Bayadère war ein kräftiger Apfelschimmel mit freundlichen Augen, stämmigen Beinen und einer langen, gelockten Mähne, die auf beiden Seiten seines Halses nach unten fiel. Er war schon fertig gesattelt.

Mary wollte zu dem Unterstand ihres Jagdpferdes gehen, als ihr plötzlich direkt hinter François ein Pferd auffiel, das sie noch nie zuvor gesehen hatte.

Neugierig ging sie zu ihm hin. Das Pferd sah aus riesigen dunklen Augen auf sie herab. Und das war ungewöhnlich, denn am französischen Hof gab es wenige, die so hoch gewachsen waren wie Mary Stuart, die Königin der Schotten. Selbst der König musste zu seiner Ziehtochter aufblicken.

Diese Stute war riesig. Mary sah sie bewundernd an. Sie hatte kein einziges weißes Haar am Leib und verschmolz fast mit der Dunkelheit im Stall. Mary hob behutsam die Hand. Die Stute schob ihre Nase vor und nahm Marys Geruch auf. Sie senkte ihren stolz erhobenen Kopf ein wenig. Jetzt konnte Mary erkennen, dass das Tier in jeder Beziehung gewaltig war. Eine breite Brust, ein tiefer Rumpf und kräftige Beine mit einem üppigen Fesselbehang. Mary konnte sich an der Stute nicht satt sehen. Warum nur war sie ihr noch nie aufgefallen?

Für die Jagden diente ihr immer ein braver Kastanienbrauner, aber heute wollte sie noch etwas erleben – und da kam ihr diese große schwarze Stute gerade recht. Sie winkte dem Stallknecht.

„Sattle mir dieses Pferd!"

Der Knecht wollte wohl zu einer Warnung anheben, als er Marys glitzernde Augen bemerkte. Jeder im königlichen Hofstaat wusste: Mit Mary legte man sich besser nicht an. Sie konnte so jähzornig sein, dass schon mehr als ein wertvolles Weinglas im Lauf der Jahre zu Bruch gegangen war. Schuld war dann natürlich immer der Diener, der die Königin so sehr gereizt hatte. Der Stallbursche hielt also lieber seinen Mund. Sollte sich die hochmütige junge Frau doch das Genick brechen, wenn sie unbedingt ein Pferd reiten wollte, von dem sie nicht das Geringste wusste.

Der Knecht sattelte die große Stute und führte sie aus dem Stall. Belustigt hörte er dabei zu, wie Flamina ihrer Herrin den Ausritt auf dem fremden Pferd auszureden versuchte. Doch je eindringlicher Flamina ihre Herrin bat, doch endlich Vernunft anzunehmen, desto entschlossener wurde Mary. Ihr durfte keiner etwas verbieten. Oder *fast* keiner – allein der König und die Königin verlangten den Gehorsam ihrer Ziehtochter. Aber die beiden waren ja zum Glück nicht in der Nähe und schliefen hoffentlich noch in ihren Gemächern.

Mary nahm entschlossen die Zügel in die Hand und sah sich noch einmal nach François um. Der saß schon auf seinem Schimmel und grinste sie breit an.

„Los, Mary. Willst du ewig warten?"

Mary schüttelte den Kopf und schwang sich in den Sattel. Ebenso wie die Königin hielt sie nichts von den Sätteln für Damen. Damit konnte man höchstens im Schritt von einem Palast zum nächsten geschaukelt werden! Nein, sie machte es lieber ihrer künftigen Schwiegermutter nach. Lederne, enge Hosen umschlossen fest ihre Beine, das einfache Kleid des Küchenmädchens schob sie einfach nach oben. Nur so machte ihr das Reiten wirklich Spaß, auch wenn einige Damen am Hof das höchst unfein fanden. Aber die bewegten sich auch nur in Sänften und Kutschen fort …

Mary nahm die Zügel fest in die Hand und richtete sich auf dem fremden Pferd auf. Es tänzelte aufgeregt. So verließen sie den Hof: François und sein Bayadère im gemütlichen Zuckeltrab und Mary auf der riesigen Rappstute, die entweder seitwärts tänzelte oder im Schritttempo galoppierte. Innerhalb weniger Sekunden begann die Stute vor Aufregung zu schwitzen. In der kalten Luft dampfte sie, als ob sie direkt aus der Hölle kommen würde.

Kaum hatten sie das Schloss hinter sich gelassen, drehte Mary sich um und strahlte François an.

„Das ist doch besser, als immer mit dieser ganzen Jagdgesellschaft auszureiten, oder?“

Vor ihnen lag eine Landschaft wie aus einem Wintermärchen. In der Nacht hatte es ein wenig geschneit, die Wiesen entlang des Flusses waren überzuckert und die gefrorenen Äste der kahlen Bäume komplett mit Raureif überzogen. Am Horizont würde bald die Sonne aufgehen, der wolkenlose Himmel färbte sich schon in zarten Pastelltönen.

„Das ist schöner, als es der beste Künstler an unserem Hof malen könnte“, stimmte François begeistert zu.

Die beiden mussten sich nur kurz in die Augen sehen um sich einig zu sein. Fast gleichzeitig drückten sie ihren Pferden die Fersen in die Seiten und gaben die Zügel frei. Der Schimmel und die Rappstute legten los. Aber nach nur wenigen Galoppsprüngen zog Mary mit ihrer Stute davon.

So etwas hatte sie noch nie erlebt. Jeder Galoppsprung zeigte die gewaltige Kraft der Stute, ihre Schultern bewegten sich unter ihr ohne jede Mühe. Dazu hielt die Stute den Kopf hoch erhoben, sodass Mary fast in der langen Mähne verschwand. Die kalte Dezemberluft und die Geschwindigkeit trieben ihr die Tränen in die Augen. Sie fühlte sich wie in einem Traum. So schnell war sie noch nie zuvor geritten und hier am Flussufer gab es auch nichts, was sie bremsen konnte. Einen kleinen Bach, der zum Fluss führte, überflog die Stute mit einem weiten Satz, ohne auch nur eine Sekunde den Takt zu verlieren. Mary sah unter sich nur einen dunklen Schatten vorbeihuschen.

Es schien ihr wie eine Ewigkeit, bis sie wieder an François dachte und sich umdrehte. Er galoppierte weit abgeschlagen hinter ihr her – dabei war Bayadère alles andere als ein lahmer

Gaul. Mary zupfte an den Zügeln der Stute und beschrieb einen weiten Bogen, der sie wieder an die Seite von François brachte. Hier parierte sie den rasenden Galopp durch und die beiden Pferde liefen im völligen Gleichklang in einem gemütlichen Galopp nebeneinander her. Besorgt sah Mary zu François hinüber.

Er kränkelte seit seiner Geburt. Vor sieben Jahren hatte Mary ihn das erste Mal getroffen und sofort beschlossen, dass sie sich künftig um ihn kümmern würde. Damals hatte die mächtige Verwandtschaft es für richtig befunden, dass die schottische und französische Krone vereint werden sollten. Deshalb hatten sie Mary, die kleine schottische Königin, nach Frankreich gebracht. Mary war am französischen Hof aufgewachsen, und seit sie denken konnte, stand fest: Sie würde François, den französischen Thronerben, irgendwann heiraten.

An diesem Morgen sah François so gesund aus wie schon lange nicht mehr. Die Aufregung über den heimlichen Ritt und der scharfe Galopp über die Uferwiesen hatten seinem Gesicht eine rosige Farbe gegeben, obwohl er doch sonst immer leichenblass war und mit wässrig braunen Augen an seiner ewig tropfenden Nase vorbeischaute.

Trotzdem. Es wurde allmählich Zeit, dass sie und François sich auf den Rückweg zum Schloss machten. Sie ritten inzwischen durch einen Wald, der durch den Frost zu unglaublicher Schönheit verzaubert war. Auf einer Lichtung standen reglos zwei Rehe, die gespannt zu den Reitern blickten. Auch die Pferde blieben stehen und sahen mit geblähten Nüstern und weit aufgerissenen Augen zu den Waldbewohnern hinüber. Mary genoss den Augenblick.

Wenn es doch für immer so friedlich bleiben würde!, schoss es ihr durch den Kopf. Sie hatte Gerüchte gehört … Im nächsten Jahr sollte sich einiges ändern und das lag nicht nur an der entscheidenden Schlacht in Calais, die jede Sekunde beginnen konnte. Da waren auch die Familien, die um die Macht am französischen Königshof rangen – und in diesem Spiel sollte Mary eine entscheidende Rolle einnehmen.

Sie streichelte der schwarzen Stute über den Hals. Nach dem scharfen Galopp traten ihre Adern dick hervor, vor den geblähten Nüstern stand eine große Atemwolke in der frostigen Luft. Von den erhitzten Flanken stieg Dampf auf. Die Zeit schien stillzustehen. Noch Jahre später sollte sich Mary an diesen Moment erinnern. Den letzten wirklich friedlichen Moment ihres Lebens.

In dieser Sekunde knackte irgendwo ein Ast, die Rehe sprangen mit ein paar langen Sprüngen von der Lichtung und die Pferde lösten sich aus ihrer Starre. Sie schüttelten die Hälse, schnaubten – und Mary stellte mit einem Blick auf François fest, dass die rosige Farbe seiner Wangen wieder einer bläulichen Blässe gewichen war.

Mary wendete ihre Stute und rief ihm aufmunternd zu: „Komm, wir müssen zurück zum Schloss! Das Frühstück ist bestimmt schon fertig – und vielleicht gibt es ja sogar eine Überraschung zu meinem Geburtstag."

François zog eine Grimasse. „Ja, meine Mutter ist berühmt für ihre Überraschungen!"

Beide lachten, während sie gemütlich Richtung Schloss trabten. François' Mutter tauchte zum Glück nur selten bei ihren Kindern auf – und wenn, dann nie mit guten Nachrichten.

Das Schloss lag hell leuchtend in der Morgensonne, als sie um die letzte Biegung des Flusses ritten. Die Wimpel flatterten im Wind und verkündeten, dass der König zur Zeit in diesem Schloss residierte.

Je näher sie kamen, desto deutlicher zeigte sich, dass der Hofstaat erwacht war. Boten galoppierten aus dem Schloss heraus, Karren mit Lebensmitteln rumpelten über die gefrorenen Spurrinnen zu den gewaltigen Küchen, in denen für die vielen Münder am französischen Hof gekocht wurde.

Mary spürte ihren knurrenden Magen. Hoffentlich kamen sie in ihrer Verkleidung problemlos wieder in die Ställe. Dann mussten sie sich nur noch schnell in ihre feinen Gewänder werfen – und schon konnten sie nur leicht verspätet zum Frühstück erscheinen.

Im Tageslicht musterte sie noch einmal kritisch ihr Gewand: Abgetragenes, einfaches Leinen, an den Ellbogen schon ein wenig fadenscheinig – das sollte das einzige Kleid einer Küchenmagd sein? Was sollte die tragen, wenn der Stoff endgültig kaputtging? Noch bevor Mary ihre Überlegungen beendet hatte, ertönte eine herrische Stimme:

„Mary! François! Kommt sofort hierher!"

Mary zuckte zusammen. Sie und François glitten von ihren Pferden und drückten die Zügel einem Stallknecht, der schnell herbeigehuscht kam, in die Hand. Dann gingen sie schuldbewusst zu der kleinen, kräftigen Person, die am Tor wartete.

Sie sahen sich kurz an. François war noch blasser geworden, weil er den Streit mit seiner Mutter fürchtete, Mary hatte erhitzte Wangen. Sie ahnte, was auf sie zukam, und wollte nicht schon wieder wie ein kleines Mädchen von der hässlichen Königin gescholten werden.

Mary sah auf die gedrungene Gestalt mit dem Doppelkinn herab. Catharina von Medici, François' Mutter und Königin von Frankreich, zitterte vor Zorn. Ihr glanzloses dunkles Haar war zu einer strengen Frisur nach hinten gekämmt, die schwarzen Augen waren starr auf François gerichtet. Anscheinend war sie wie immer sehr besorgt, dass ihrem Liebling etwas passieren könnte. Mary war der Meinung, dass François viel zu sehr in Watte gepackt wurde. So würde er nie kräftiger werden.

Doch nachdem Catharina festgestellt hatte, dass mit François alles in Ordnung war, schickte sie ihn ohne Umschweife weg.

„Geh frühstücken, François! Und lege dich danach ein wenig hin, damit du dich von diesem Ausritt erholen kannst. Bei diesen Temperaturen haben sich schon stattliche Ritter den Tod geholt – und du bist alles andere als ein starker Ritter. Geh, mein Sohn!"

Sie warf ihm noch einen tadelnden Blick hinterher und wandte sich dann an Mary. In letzter Sekunde schien Catharina einzufallen, dass sie eine gekrönte Königin vor sich hatte, die sie schlecht vor dem versammelten Gesinde im Schlosshof tadeln durfte. Also zog sie Mary grob an ihrem Gewand ins Innere des Schlosses und führte sie in eine enge, muffig riechende Kammer.

Hier konnte sie ihren geballten Zorn allerdings nicht mehr bremsen.

„Was denkst du dir eigentlich? Seit sieben Jahren ist dir bekannt, dass François schnell krank wird. Aber heute musste er unbedingt mit auf einen Ausritt. Deine Kinderlaunen können meinem Sohn das Leben kosten. Und übrigens auch deiner Familie die Macht. Wenn du ihn nicht heiratest, kann dein Onkel die halbe Welt erobern und bleibt doch immer nur ein Kardinal ohne Einfluss auf den Thron. Du solltest also ein bisschen besser auf deinen Verlobten aufpassen!“ Sie sah Mary scharf an. „Aber vielleicht bist du ja dankbar, wenn du nicht so viel Verantwortung tragen musst. Wenn mein François letztlich seinen Krankheiten erliegt, dann kannst du endlich wieder in dein scheußliches Schottland zurück und dort Königin spielen. Solange du aber noch an meinem Hof bist …“ Catharinas Augen waren eiskalt, während sie Mary musterte. „ … solange wirst du viel büßen und beten müssen. Am besten fängst du gleich in deinem neuen Lebensjahr damit an. Geh zu deinem Beichtvater, Pater Robert. Bitte ihn darum, dass er mit dir betet. Lange. Ein Frühstück brauchst du dafür sicher nicht – aber vielleicht solltest du dich wenigstens standesgemäß kleiden.“

François' Mutter schien sie schon entlassen zu wollen, als ihr noch etwas einfiel.

„Mary?“ Plötzlich hatte sich der Ton von Catharina geändert. „Eigentlich wollte ich dir heute zu deinem neuen Lebensjahr gratulieren. In diesem Jahr wird viel Neues passieren. Der König hat dem Wunsch deines Onkels entsprochen und beschlossen, dass du und François im April heiraten sollt.“

Mary stockte der Atem. Heiraten? Sicher, sie war François versprochen, seit sie ein kleines Kind war. Aber irgendwie hatte sie immer geglaubt, dass sie beide noch ein paar unbeschwerte Jahre vor sich hatten, in denen sie sich nicht um die große Politik kümmern mussten. Sie mochte François wirklich. Er war ihr kleiner Bruder, auf den sie immer aufpassen musste. Aber ihn heiraten …?

Catharina war mit ihrer Rede noch nicht fertig.

„Ich finde, ihr seid dafür zu jung. Euer heutiges Abenteuer hat mir deutlich gezeigt, dass du nicht bereit bist, Verantwortung zu übernehmen. Auch ich wurde meinem Gemahl mit vierzehn Jahren anvertraut, ich weiß, dass man in diesem Alter den Ernst der Ehe noch nicht versteht. Aber dein Onkel sieht das anders, er kann anscheinend nicht früh genug seine Hände an den französischen Thron legen."

Catharina richtete ihre tiefschwarzen Augen auf ihre zukünftige Schwiegertochter.

„Ich werde sehr genau aufpassen, dass du und deine Familie meinem François keinen Schaden zufügt. Darauf kannst du dich verlassen."

Mary spürte Zorn in sich aufsteigen. Was erlaubte sich diese kleine hässliche Krämerstochter aus Italien eigentlich? Immerhin war sie, Mary Stuart, Königin, seit sie sechs Tage alt war – also schon ihr ganzes Leben lang. Mary richtete sich zu ihrer vollen Größe auf. So überragte sie die Königin fast um Hauptes-länge.

„Ich glaube, Ihr müsst mir nicht erklären, dass ich für meinen Gemahl sorgen muss. Seid unbesorgt, vielleicht geht es ihm in meiner Obhut sogar besser als in der Euren!"

Mary hob ihr Kinn und wollte die muffige Kammer verlassen. Doch Catharina hielt sie an dem Kleid der Küchenmagd fest, das mit einem lauten Ratschen zerriss.

Die alte Königin bebte vor Zorn. „Pass auf, was du sagst, Mary Stuart! Und jetzt geh beten, das scheinst du nötig zu haben. Bitte um mehr Demut!" Damit gab Catharina von Medici ihrer großen Schwiegertochter einen Schubs.

Mary wich zurück, drehte sich um und verließ die Kammer so

würdevoll, wie es in dem zerrissenen Kleid einer Magd eben möglich war. Das neue Lebensjahr fing nicht besonders gut an. Trotzdem: Als sie an die schwarze Stute dachte, musste sie unwillkürlich lächeln.

2

Keine Stunde später kniete Mary in der dunklen Kapelle des Schlosses. Der Geruch von Weihrauch und nassen Kleidern ließ sie fast würgen. Dazu kam ihr knurrender Magen. Catharina hatte ihre Drohung wahr gemacht und dafür gesorgt, dass Mary ohne Frühstück in die Kapelle geschickt wurde.

Pater Robert kniete neben Mary und stimmte mit wackliger Stimme ein weiteres *Ave Maria* an. In dieser Sekunde war Mary ihre Namensvetterin mehr als egal. Unauffällig versuchte sie zur Tür zu schauen. Heute war immerhin ihr Geburtstag, da musste doch ihr berühmter Onkel hier auftauchen. Sie malte sich aus, wie der Kardinal von Lothringen in seiner reich geschmückten Robe am Hof erschien. Da würde ihr Beichtvater sicherlich zurückweichen und sie mit weiteren Bußgebeten verschonen!

Aber die Türöffnung blieb leer und Pater Robert leierte weiter seine Gebete herunter. Sein Ordensgewand roch nach nassem Schaf – ob Gott das wirklich gefiel?

Mary rutschte unauffällig ein wenig von ihrem Beichtvater weg und gab sich ihren eigenen Gedanken hin. Im Frühling sollte sie also François heiraten. Dafür würde Catharina sich mächtig ins Zeug legen, ihre Feste waren über die Grenzen Frankreichs hinweg bekannt. Ob sich dadurch zwischen ihr und François etwas ändern würde? Wohl kaum. Sie würde weiter auf ihren kleinen Bruder aufpassen. Vielleicht könnte sie ihn dann besser vor den Launen seiner Mutter schützen. Als Ehepaar stand ihnen doch sicher ein eigener Hofstaat zu. Damit würden sie der Aufsicht von Catharina und ihren Hofdamen entkommen.

Außerdem musste sie unbedingt herausfinden, wem die schwarze Stute gehörte. Vielleicht konnte sie das Pferd kaufen und eigene Jagden organisieren, an denen sie und François ohne die Aufsicht von Catharina teilnehmen konnten.

„Amen!“

Mary schreckte hoch. Sie hatte den tattrigen Beichtvater fast vergessen. Der schien zum Glück nicht zu merken, dass sein Schützling ganz und gar nicht bei der Sache war.

Es war fast Mittag, als in der Seitentür der Kapelle endlich Flamina auftauchte. Sie hatte mitbekommen, dass Mary an diesem Tag trotz eines mehrstündigen Ausrittes und stundenlanger Bußgebete immer noch nichts gegessen hatte, und winkte ihrer Herrin verstohlen zu. Doch leider war Pater Robert zwar alt, aber nicht blind. Er blickte mit seinen milchig blauen Augen ebenfalls zum Eingang der Kapelle.

„Wer da?“, fistelte er mit seiner hohen Altherrenstimme.

„Ich bin es, Pater!“ Flamina trat hinter dem Türstock hervor. „Ich wollte Mary nur ein wenig zu essen bringen … Sonst wird sie wieder ohnmächtig.“

Pater Robert sah seinen Schützling zum ersten Mal an diesem Tag richtig an. Dann zuckte er mit den Schultern.

„Die Königin hat befohlen, dass ich den ganzen Tag mit der Königin von Schottland im Gebet verbringen soll. Sie hat nichts davon gesagt, dass wir zwischendurch etwas essen dürfen. Also wird ihre Hoheit wohl keinen Hunger haben. Du kannst wieder gehen.“

Mary blieb vor Empörung der Mund offen stehen. Doch noch bevor sie einen ihrer gefürchteten Wutausbrüche bekommen konnte, hörte sie energische Schritte draußen im Gang. Dann bog – endlich! – Onkel Charles um die Ecke.

Der Kardinal von Lothringen entließ Pater Robert mit einer einzigen Handbewegung. Der Mönch zögerte noch kurz, aber als der Kardinal ihn streng ansah und fragend eine Augenbraue hob, schien er verstanden zu haben. Er verneigte sich und verschwand.

Mary kniete erst demütig vor ihrem Onkel nieder, bevor sie ihre Arme um ihn schlang.

„Gut, dass Ihr da seid! Ich dachte schon, ich müsste wirklich den ganzen Tag hier im Dunkeln sitzen und über meine Sünden nachdenken. Ich habe heute früh einen Ausritt gemacht!“, ergänzte sie stolz.

Charles schüttelte den Kopf. „Wenn es nach mir ginge, müsstest du mehr als einen Tag über deine Verantwortung als künftige Königin von Frankreich beim Gebet nachdenken!“

Mary war entsetzt. Warum war ihr Onkel plötzlich so streng?

„Seid Ihr etwa auch der Meinung, dass François in feuchten Räumen zu einem starken jungen Mann heranwachsen kann?“ Sie sah den Kardinal in seiner pelzbesetzten Robe herausfordernd an, doch der ließ sich nicht aus der Ruhe bringen.

„Darum geht es nicht. Aber die unbeschwerten Tage deiner Kindheit sind vorbei. Du darfst als Kronprinzessin von Frankreich nicht mehr in den Kleidern einer Küchenmagd über die Wiesen reiten. Was sollen deine künftigen Untertanen von dir denken?“ Charles zögerte, bevor er weiterredete. „Ich nehme an, Catharina hat dich schon von der Hochzeit unterrichtet?“

Mary nickte.

„Dann weißt du auch, dass damit das Geschick unserer Familie in deinen Händen liegt. Über dich können wir, die Guisen, über Frankreich regieren. Ich musste alle meine Beziehungen nutzen, um die Hochzeit im nächsten April zu vereinbaren. Der König ist auf meine Hilfe angewiesen. Ich muss Frankreich vor den Neugläubigen retten, dafür bekommen wir die Hand des Kronprinzen für dich. Auch wenn Catharina findet, dass ihr Sohn zu jung ist." Er seufzte. „Na ja, sie hat nicht die besten Erfahrungen mit einer so jung geschlossenen Ehe gemacht. Bei dir ist bestimmt alles anders. Du und François, ihr seid euch doch innig zugetan, oder?"

Charles sah seine Nichte, die gehorsam nickte, prüfend an.

„Dann solltest du auch alles für seine Gesundheit tun. Dazu zählen sicher nicht stundenlange Ausritte im Winter. Wenn er stirbt, bevor ihr vermählt seid, dann war die Mühe der letzten zehn Jahre vergebens! Catharina wird uns nicht noch einmal so nahe an die Macht lassen."

Mary hatte ein Gefühl, als ob sich ein schwerer Mantel auf sie legte. Sicher, sie war schon immer Königin von Schottland. Das unwirtliche kalte Land im Norden kümmerte sie allerdings recht wenig. Ihre Mutter war Regentin und hin und wieder unterschrieb Mary ein paar Gesetze. Das war alles. Und jetzt sollte sie plötzlich für das Wohl und Wehe der Guisen zuständig sein? Wenn sie versagte und François nicht gesund blieb, würde die Familie ihrer Mutter dann wieder in die Bedeutungslosigkeit zurücksinken?

Charles musterte seine Nichte. Sie war so groß wie alle Guisen, aber sehr schmal. Ihre Haut erinnerte an schneeweißes Porzellan, die rotblonden Locken bildeten einen lebhaften Kontrast zu der hellen Haut. Unter schweren Lidern wirkten die mandelförmigen bernsteinfarbenen Augen fast unnatürlich groß. Verstand sie, dass diese Hochzeit nicht nur ein Spiel war, sondern die erste Gelegenheit seit mehreren Jahrhunderten, ihrer Familie die Macht über den Thron zu sichern?

Charles strich sich mit seinen juwelengeschmückten Fingern über den glatten Bart. Ohne Mary würde er nur einer von vielen kirchlichen Würdeträgern sein. Doch durch sie hatte er eine der wichtigsten Stellungen in ganz Europa.

Mary fühlte sich unter dem prüfenden Blick ihres Onkels unbehaglich. Sie räusperte sich. „Darf ich jetzt endlich etwas essen, Onkel?"

Charles lächelte und entließ seine schöne Nichte. Ab sofort würde er sich mehr um ihre Erziehung kümmern. Er hatte sich da viel zu lange herausgehalten. Was, wenn Mary inzwischen ganz anderen Beratern vertraute? So ein Kind war schnell erwachsen. Er erinnerte sich noch genau, wie Mary damals aus Schottland hierher gekommen war. Ein kleines Mädchen, das sich seiner Rolle als Königin schon voll bewusst gewesen war. Die jeden mit ihren eigentümlich hellen Augen angesehen und Respekt verlangt hatte.

Er lächelte, als er an das Mädchen von damals dachte, das so gern auf seinem schottischen Pony durch die Parkanlagen galoppiert war. Die zotteligen kleinen Tiere hatte sie mitsamt ihrer Zofe Flamina aus der Heimat mitgebracht.

Schon damals war sie mit Catharina aneinander geraten. Die hatte eigentlich nur die königliche Kinderschar mit der neu eingetroffenen kleinen schottischen Königin besuchen wollen.

Doch Mary hatte sich unter dem prüfenden Blick nicht wohl gefühlt und war mit ihren sieben Jahren auf die fremde Frau zu stolziert. „Wisst Ihr nicht, wen Ihr vor Euch habt?"

Catharina hatte damals schrill gelacht.

„Ihr scheint nicht zu wissen, wen *Ihr* vor Euch habt!"

Seit damals konnten sich Mary und Catharina nicht leiden. Zwei Königinnen in einem Schloss, das war offensichtlich eine zu viel.

Charles seufzte. Er mochte Catharina auch nicht, aber ihr Gemahl, König Henri, erfreute sich bester Gesundheit. Sie konnte noch lange Königin sein, er musste diese Italienerin wohl noch eine Weile ertragen. Er bekreuzigte sich ein weiteres Mal vor dem Altar und verließ die kleine Schlosskapelle.

3

Mary biss noch einmal in den kleinen runden Käselaib, den Flamina ihr zusammen mit dem Brot gebracht hatte. Köstlich. Der feine Geschmack nach Ziege, das sahnige Gefühl auf der Zunge – davon bekam sie einfach nicht genug. Wie konnte diese Hexe Catharina es nur wagen, sie ohne Essen zu lassen, während sie gleichzeitig ihren behüteten Sohn mit einer Wärmflasche ins Bett schickte! Beim Gedanken an diese Ungerechtigkeit kaute Mary wütend auf ihrem Frühstück herum. Als ein fettiger Krümel auf ihr weinrotes, üppig mit Goldstickereien verziertes Kleid fiel, wischte sie ihn mit einer zornigen Bewegung weg – und hielt plötzlich inne. Die Küchenmagd! Sie hatte nach der Begegnung mit Catharina keinen Gedanken mehr an das zerrissene Kleid verschwendet.

„Wo ist Flamina?“

Die kleine Zofe, die das Essen gebracht hatte, zuckte mit den Schultern.

„Keine Ahnung, ich habe sie seit heute Morgen nicht mehr gesehen. Warum?“

Mary schüttelte den Kopf. Sie musste unbedingt dieser Magd ein neues Kleid zukommen lassen. Ob sie immer noch in ihrem Bett lag und auf ihr einziges Kleidungsstück wartete?

Kauend erhob sich Mary vom Esstisch. „Welches ist mein einfachstes Kleid?“

Die Zofe sah ihre Herrin fragend an. Mary besaß kein einfaches Kleid. Sie waren alle von ausgesuchter Qualität, aus schweren Samt- und Brokatstoffen, üppig mit Perlen, Stickerei und Spitze verziert. Selbst die Unterkleider waren aus feinstem Leinen gefertigt.

Marys Zorn schmolz dahin. Wegen ihr hatte eine Küchenmagd jetzt womöglich nichts zum Anziehen – und das alles, weil sie heute früh unerkannt zu ihrem Ausritt kommen wollte.

Sie nestelte eine kleine Brosche von ihrem Ausschnitt, während sie das Zimmer verließ. In den Gängen wandte sie sich in Richtung der Gesinderäume, die irgendwo in der Nähe der Küche lagen, wenn sie das richtig in Erinnerung hatte. Es war Jahre her, dass sie sich zu dem Gesinde oder in die Küche verkrochen hatte. Sie mochte die Köchinnen, die ihr immer etwas zusteckten, und die Zofen, die ihr oft die Haare flochten. Mit der Zeit hatte sie gelernt, dass es sich nicht schickte, in die Dienstbotenunterkunft zu gehen, und war dann immer seltener die Treppen in diese Richtung hinuntergeschlichen. Irgendwann war sie dann überhaupt nicht mehr dort aufgetaucht.

Jetzt ging sie entschlossen weiter. So ein weitläufiges, verwinkeltes Schloss war zwar modern, aber praktisch war es ganz bestimmt nicht. Zwei Treppen nach unten, schräg durch einen Raum, dann wieder eine Treppe nach oben, über einen Gang in ein weiteres Gemach … Aber sie erreichte ihr Ziel. In der Küche ignorierte sie die neugierigen Blicke, die ihr die Küchenjungen zuwarfen, und wandte sich direkt an einen der Köche.

„Ich suche eine Magd, die heute noch nicht zu ihrem Dienst angetreten ist. Sie muss sehr groß sein, fast so groß wie ich."

Das Gesicht des Kochs wurde noch eine Spur röter, wenn das überhaupt möglich war.

„Babette! Wenn ich weiß, wo dieses Miststück heute geblieben ist, dann kann sie was erleben! Ich habe keine Ahnung, wo sie steckt – sonst hätte ich ihr die Pflichten einer Magd längst mit ein paar Hieben mit dem Kochlöffel erklärt."

Mary lächelte den aufgebrachten Koch beruhigend an.

„Du musst ihr verzeihen. Sie sollte heute einen Auftrag für mich erledigen, es ist alles meine Schuld. Du wirst mir doch keinen Vorwurf machen, oder? Sag mir doch, wo Babettes Schlafraum ist."

Überrascht deutete der Koch über seine Schulter auf eine Tür.

„Da hinaus, über den Hof und über den Kuhställen die Treppe hoch."

Mary verlor kein weiteres Wort und verschwand durch die Tür, auf die der Koch gezeigt hatte.

Im Schlafgemach der Mägde schlug ihr ein feucht-kalter Geruch nach zu vielen Menschen auf engem Raum entgegen.

Mary zog die Nase kraus. Warum nur musste es bei den Mönchen und Bediensteten immer so riechen? Sie blickte sich um und entdeckte sofort ein Mädchen, das noch im Bett lag.

„Babette?"

Das Mädchen nickte und sah sie schüchtern an, während sie ihre dünne Decke unter dem Kinn festhielt.

„Ich wollte dir danken, dass du meine kleine Verkleidung heute Morgen möglich gemacht hast. Leider hat dein Kleid dabei einen recht großen Riss abbekommen."

Fast hätte sie hinzugefügt, dass die Königin höchstpersönlich für diesen Riss gesorgt hatte. Aber dann entschied sie, dass das ein Küchenmädchen wohl doch nichts anging.

„Ich möchte dir eine Brosche geben. Ich hoffe, du kannst dir dafür ein neues Kleid kaufen – und behältst auch noch etwas für dich übrig. Dem Koch habe ich schon gesagt, dass du nichts dafür kannst, dass du heute nicht zur Arbeit erschienen bist. Kannst du mir verzeihen?"

Das Mädchen nickte furchtsam und griff vorsichtig nach der Brosche. Dann hauchte sie so leise, dass Mary es kaum hörte: „Danke!"

„Ich habe zu danken!"

Damit verließ Mary die Schlafkammer der Mägde.

Babette war sich nicht sicher, ob sie die kurze Erscheinung nur geträumt hatte. Die Königin an ihrem Bett? Babette betrachtete mit gerunzelter Stirn die Brosche. Davon konnte sie sich viel mehr als nur ein Kleid kaufen. Aber so eine Königin hatte sicher keine Ahnung, was ein Kleid kostete.

Mary war währenddessen wieder in ihren eigenen Gemächern angekommen. In einem hohen Sessel mit einer steilen Lehne wartete schon Besuch auf sie. Mary jubelte auf, als sie die lange Gestalt erkannte.

„Tante! Ich habe so gehofft, Euch heute zu sehen!"

Renée von Guise lächelte milde. Ihre jüngste Nichte war ihr Liebling hier am Hof. Und das schon seit der ersten Sekunde, die die Kleine hier gewesen war. Anders als ihr Bruder Charles sah sie in Mary mehr als nur ein Mittel auf dem Weg zur Macht. Sie mochte den unabhängigen, wachen Geist ihrer Nichte.

„Ich muss dich doch an deinem Geburtstag besuchen, mein Kind! Noch dazu, wenn es ein so bedeutender Geburtstag ist – es ist dein letzter als unverheiratete Frau! Hast du dir schon überlegt, was du zur Hochzeit anziehen wirst?"

Mary lachte. Das Leben war sofort einfacher, wenn ihre Tante sich in der Nähe aufhielt. Bei Renée gab es keine unlösbaren

Probleme. Leider war sie fast das ganze Jahr in ihrem Kloster in der Nähe von Reims, in dem sie Äbtissin war und sich um ihre Pferdezucht kümmerte.

„Nein. Aber ich bin mir sicher, liebe Tante, dass ich die schönste Braut sein werde, die je durch Paris geritten ist."

„Du vergisst, dass schon Catharina von Medici in Notre Dame getraut wurde – und sie war reich geschmückt."

Mary schnaubte durch die Nase.

„Ein Esel bleibt immer ein Esel, egal wie viele Perlen man ihm zwischen die Ohren hängt."

„Weise gesprochen, mein Kind. Noch weiser wäre es allerdings, wenn du deine Meinung für dich behieltest. Die Königin ist ohnehin nicht deine beste Freundin und in diesen zugigen Palästen haben die Wände Ohren."

Mary lachte verlegen. Ihre Tante hatte sie wieder einmal aufs Glatteis geführt um ihr eine Lektion zu erteilen. Aber damit hatte sie ihren Unterricht in der Diplomatie des französischen Königshauses für heute beendet. Immerhin teilte Renée eine große Leidenschaft mit ihrer Nichte: Beide konnten nicht genug im Sattel sitzen oder den Pferden auf den Weiden zusehen.

„Stell dir vor, ich habe neue Pferde gekauft", berichtete sie nun. „Eins schöner als das andere. Du wirst sie alle lieben. Die ersten sind gestern gekommen."

Mary rutschte vor Aufregung auf ihrem Stuhl herum. „Erzähl! Woher hast du sie? Was hast du mit ihnen vor?"

Renées Augen glitzerten.

„Ein Züchter aus Spanien hat sie mir vorgeführt. Ein paar sind perfekt für die Jagd, zwei taugen für die Kutsche – und eine Stute habe ich nur für meine Zucht im Kloster. Der Mann hat sie mir geschenkt, weil er sie für unbrauchbar hält." Renée musterte ihre Enkelin. „Du hast sie nicht zufällig schon gesehen? Sie ist pechschwarz und sehr groß. Ich habe mich heute Vormittag gewundert, weil sie an den Flanken angetrockneten Schweiß hatte. So, als ob sie einen scharfen Ausritt hinter sich gebracht hätte."

Mary wurde es siedend heiß. Die schwarze Stute! Sie gehörte also ihrer Tante – aber was hieß da „unbrauchbar"?

Sie hüstelte und zog es vor, lieber nicht direkt zu antworten. „Unbrauchbar? Was stimmt denn mit der Stute nicht?"

Renée bemerkte das Ausweichen ihrer Nichte.

„Sie ist unreitbar. Wer diesen Riesen erklommen hat, wird sofort abgeworfen. Und der Weg nach unten ist weit. Sie muss dir aufgefallen sein! Du warst doch heute Morgen im Stall – das haben zum Frühstück sogar schon die Küchenjungen erzählt!"

Mary seufzte. Ihre Verkleidung war vielleicht doch nicht so gut gewählt, wenn sie trotzdem jeder erkannte. Aber was konnte sie dafür, dass alle anderen Menschen zwergenwüchsig waren!

Sie versuchte noch ein Ablenkungsmanöver. „Wie heißt die Stute denn? Und wie alt ist sie?"

Ihre Tante lächelte still in sich hinein. Sie zog ihre eigenen Schlüsse. „Also ist sie dir doch aufgefallen! Sie ist wirklich ungewöhnlich. Ihr Name ist Black Agnes, sie ist erst vier Jahre alt."

„Black Agnes!", wiederholte Mary andächtig, während ihre Tante sie weiter ansah und dem Rätselraten schließlich ein Ende machte.

„Gib es zu: Du hast sie heute früh geritten! Als ich heute Morgen in den Stall kam, waren nur Bayadère und Agnes verschwitzt und jeder hat von eurem Ausritt geredet. Ich bin dir auch gar nicht böse, du kannst es ruhig zugeben. Nur eines musst du mir verraten: Wie hast du es geschafft, dieses Pferd zu reiten? Ich habe gestern unseren Stallmeister das Pferd ausprobieren lassen – er blieb kürzer auf Agnes sitzen, als du das Wort ‚Pferd' sagen kannst!" Renée sah Mary neugierig an. „Vielleicht erkennt Agnes aber auch eine Königin, wenn sie eine trifft. Ein königliches Pferd, das nur eine Königin reiten kann. Wer weiß schon, was in den Köpfen dieser Tiere vor sich geht?"

Mary zuckte mit den Schultern. „Ich habe mich einfach draufgesetzt. Sie hat unglaublich viel Temperament und brauchte einfach tüchtig Bewegung. Aber dann war sie ganz brav, wirklich! Was hast du denn mit Agnes vor – du willst doch gewiss kein unreitbares Pferd in den Stallungen?"

„Nein. Überflüssiges Viehzeug haben wir schon mehr als genug in dem Zoo, den Henri für euch eingerichtet hat. Wir haben Bären, die nur viel fressen, Ziegen, die dumm meckern … Da ist kein Platz für ein Pferd, das nur gut aussieht! Ich wollte mit ihr züchten. Sie ist ungewöhnlich groß, ebenso wie wir Guisen. Und vielleicht vererbt sie ihre Größe ja."

„Tante, habe ich nicht einen Wunsch zum Geburtstag frei?", fragte Mary mit treuherzigem Augenaufschlag.

Renée schüttelte den Kopf. „Ich glaube, du hast alle Wünsche mit deinem Ausflug heute Morgen verwirkt. Hast du wenigstens schon nach François geschaut?"

Mary schüttelte trotzig den Kopf. „Catharina wird mich kaum zu ihm lassen. Und er schläft sicher, sie wird ihm schon einen passenden Trank verabreicht haben, diese …" Mary schluckte das letzte Wort herunter. Ihre Tante sollte sie nicht zweimal am Tag wegen des gleichen Vergehens tadeln.

Doch Renée blieb unnachgiebig: Die Stute sollte in die Zucht, Mary hatte schließlich genug Pferde für die Jagd. Zuverlässige Pferde, die ihr Leben nicht bedrohten. Denn offensichtlich hatte Mary am heutigen Morgen nur Glück gehabt!

Während Renée weiter über die Pflichten im neuen Lebensjahr redete, schweiften Marys Gedanken wieder ab. Wie schnell Agnes heute früh gerannt war. Sie war sicher das schnellste Pferd im Königreich. Mit Agnes würde ihr nie wieder ein Hirsch auf der Jagd entwischen. Wenn sie nur ihre Tante davon überzeugen könnte, dass diese Stute wie geschaffen für sie war! Aber dazu brauchte sie einen Plan …

4

Weiß?" Der Schneider fragte jetzt zum dritten Mal nach. Sein bleiches Gesicht mit dem fliehenden Kinn, ja sogar seine abgetragene Weste drückten Empörung aus.

„Hoheit, das ist die Farbe der Trauer, das ist unmöglich. Eure Hochzeit soll ein Feiertag für das ganze Land sein!"

Mary richtete sich noch mehr auf. Sie hatte weder Zeit noch Lust, sich mit diesem Nadelhelden über die Farbe ihres Brautkleides zu streiten.

„Ihr müsst mich nicht über die Bedeutung der Farbe Weiß aufklären. Ich bin an diesem Hof aufgewachsen, ich werde wohl wissen, welche Farbe welche Bedeutung hat. Im Fall meiner Hochzeit geht es ausschließlich darum, dass ich am glücklichsten Tag meines Lebens auch meine Lieblingsfarbe tragen möchte. Wenn Ihr nicht fähig seid, mir ein weißes Hochzeitskleid zu erstellen, dann werde ich einen anderen Schneider bitten. Ihr müsst es mir nur sagen."

Der Schneider zuckte unter Marys schneidender Ermahnung zusammen.

„Sicher … ich wusste nicht … Wenn es Euch wichtig ist … Weiß die Königin davon?", stammelte er.

„Dummkopf! Natürlich weiß die Königin nichts davon! Wenn schon ein einfacher Schneider es wagt, einer Königin zu widersprechen, dann kann ich wohl darauf verzichten, die Farbe meines Brautkleides mit Catharina zu besprechen. Das muss sogar ein Einfaltspinsel wie Ihr verstehen!"

Während sie sprach, steigerte sich Marys Zorn. Es konnte doch nicht so schwer sein, einen Schneider mit der Anfertigung eines Kleides zu beauftragen. In Wirklichkeit war dies hier allerdings schon ihr vierter Versuch. Sie alle hatten Angst vor dem Zorn Catharinas. Vor ihr, Mary, schien keiner Angst zu haben.

„Ist es Euch also möglich, das Kleid zu nähen – oder ist der Auftrag zu groß und ehrenvoll für Euch?“

Der bleiche Schneider schien kurz das in Aussicht gestellte Geld und den Zorn Catharinas gegeneinander abzuwägen. Dann nickte er.

„In Ordnung. Ich werde mit den Stoffhändlern über einen passenden weißen Stoff sprechen.“

Mary nickte und entließ den Schneider. Seit Wochen drehte sich alles um die bevorstehende Hochzeit. Flamina plapperte nur noch über die vielen adeligen Jünglinge, die sicher zu den Feierlichkeiten am Hof weilen würden. Vielleicht konnte ihre Zofe ja die Blicke einer guten Partie auf sich ziehen.

Mary schüttelte bei diesen Fantasien unwirsch den Kopf. Bei ihrer eigenen Hochzeit sollte nur eine Frau alle Blicke auf sich ziehen – und das war sie selbst.

Aber im Moment schwirrte ihr der Kopf vor lauter schnatternden, aufgeregten Zofen und untertänigen Haushofmeistern. Catharina hatte sich in den Kopf gesetzt, das prunkvollste Fest aller Zeiten auszurichten. Mary zweifelte keine Sekunde daran, dass Catharina dieser Plan gelingen würde. Trotzdem: Sie brauchte jetzt eine kleine Pause. Unbemerkt verließ sie die Gemächer und schlich sich die endlosen Gänge entlang nach unten.

Sie mochte diesen Stadtpalast nicht. Der Louvre war unübersichtlich und die Stadt einfach zu nah. Aber ihre Hochzeit sollte in ein paar Wochen in der großen Kathedrale von Notre Dame stattfinden, deswegen war der komplette Hof schon vor ein paar Tagen in den Louvre gezogen.

Mary schlich sich über den Hof in den Stall, so wie sie es immer tat, wenn sie ein bisschen Ruhe und Einsamkeit suchte. Auch diesmal beruhigte sie sich sofort, als sie das gleichmäßige Mahlen der Pferde auf ihrem Heu hörte.

Ihr Blick glitt über die vielen schönen Tiere. Immer noch schmerzte es sie, dass Black Agnes schon am ersten Tag nach ihrem unerlaubten Ausritt Anfang Dezember wie vom Erdboden verschwunden war. Renée schlug Marys Fragen nach ihr seit Wochen in den Wind. „Ich habe dir doch gesagt, dass ich Agnes in die Zucht nehmen möchte. Was soll die Stute hier?"

Mary hatte durchaus eine Idee, was sie mit der Stute anfangen wollte …

Stattdessen lief sie nun zu Bayadère, dem Schimmel von François. Er sah ihr erwartungsvoll entgegen und schien auf ein wenig Bewegung zu hoffen.

Mary streichelte ihm die Nase und flüsterte beruhigend auf ihn ein.

„François ist nur ein wenig krank, in ein paar Tagen geht es ihm bestimmt wieder besser. Du musst ein bisschen Geduld haben!"

Bayadère schnaubte leise und drängte seine Nase in ihre Hand. Ihm war bestimmt langweilig.

Mary sah sich kurz nach einem der Stallburschen um. „Sattelt Bayadère!", befahl sie ohne Umschweife.

Der Stallbursche war ihre Launen gewöhnt. Schnell legte er

dem Schimmelhengst einen Damensattel auf und eine Kandare an. Dann führte er ihn nach draußen und half Mary in den Sattel. Die nickte nur hoheitsvoll und verschwand im flotten Trab in den Park. Dagegen konnte nun wirklich keiner etwas haben.

Der Kies knirschte unter den Hufen von Bayadère, während Mary ihren Gedanken nachhing. Ganz Paris schien sich auf die Hochzeit zu freuen, keiner war darüber beunruhigt, dass der Bräutigam seit Tagen das Bett nicht verlassen hatte. Manchmal wurde sein chronischer Husten schlimmer, vor allem im Winter. Wie alt er wohl werden würde? Mary schauderte bei dem Gedanken, dass ihr Brautkleid auch ihr Trauergewand werden könnte.

Ihr tat ihr zarter Verlobter Leid. Alle verlangten etwas von ihm, dabei hatte er schon genug damit zu tun, am Leben zu bleiben.

Mit gerunzelter Stirn lenkte sie Bayadère nach einer halben Stunde wieder nach Hause. Sie drückte den Hengst dem Stallburschen in die Hand und eilte die Treppen nach oben, um François zu besuchen. Sie fand ihn in seinem Bett, aber das Fieber schien gewichen zu sein und er sah ihr aus klaren Augen fröhlich entgegen.

„Was hast du heute gemacht?"

„Ich habe deinem Bayadère ein wenig Bewegung gegönnt. Er stand seit Tagen nur im Stall und hat sich gelangweilt. Ich dachte, ich tue ihm etwas Gutes. Du hast doch nichts dagegen, oder?"

„Nein, nicht, wenn du ihn reitest! Bei jedem anderen wäre ich allerdings eifersüchtig. Wovor bist du denn diesmal weggelaufen?"

Mary lachte. François kannte sie einfach zu gut. Er wusste, dass sie sich immer wieder kleine Fluchten gönnte.

„Niemand im Besonderen. Es gibt so viel zu bedenken. Die Suche nach einem Schneider für mein Kleid und einem Verehrer für Flamina. Meine Zofe wird nervös. Seit sicher ist, dass wir heiraten, hält auch sie Ausschau nach einem passenden Mann."

François legte seine kalte, ein wenig feuchte Hand auf ihre. „Keine Angst, so schnell wird sie dich nicht verlassen. Wir behalten sie einfach in unserem Haushalt."

Mary wechselte das Thema. „Hast du schon gehört? Dein Vater will ein großes Turnier zu Ehren unserer Hochzeit abhalten!"

„Der Alte will nur allen wieder mal beweisen, dass er der beste Lanzenreiter des ganzen Königreiches ist. Die armen Ritter, sie müssen sich bestimmt wieder demütigen lassen. Ich bin mir sicher, es wird ein unglaubliches Fest!"

François' Augen glänzten vor Vorfreude. Mary nickte – und beschloss einmal mehr, dass sie diese Vorfreude am besten teilte.

Beide bemerkten nicht, dass Catharina in der Tür stand und dem Gespräch zugehört hatte. Sie musterte aufmerksam ihren kränklichen ältesten Sohn und seine sehr lebendige Verlobte. Wohin sollte diese Verbindung nur führen?

5

Einige Tage später war von Marys frischer Gesundheit nicht mehr viel zu spüren. Leichenblass betrat sie ihre Gemächer. Langsam ging sie zu einem Stuhl, der direkt am Fenster stand, und setzte sich. Aber den schönen Ausblick über den Park im hellen Sonnenschein des Frühlings nahm sie gar nicht richtig wahr. Sie nestelte an einer Stickerei ihres Kleides herum, bis der golddurchwirkte Faden nachgab und brach. Gedankenverloren spielte Mary weiter mit dem Fädchen und schließlich war eine der kunstvoll aufgestickten Rosen völlig ihrer Blütenblätter beraubt.

Flamina bemerkte das seltsame Verhalten ihrer Freundin als Erste.

„Mary?“ Vorsichtig legte sie ihr die Hand auf die Schulter.

Mary erwachte wie aus einem Tagtraum, zuckte zusammen und zwang sich zu einem Lächeln, aus dem aber nur ein schiefes Grinsen wurde.

„Was ist los? Du siehst aus, als hättest du einen Geist gesehen!“

„Habe ich auch. Nur dass dieser Geist König Henri war. Ich brauche deinen Rat. Stell dir vor: So kurz vor der Hochzeit setzt Henri mir den Säbel an die Kehle.“

Trocken bemerkte Flamina: „Dafür siehst du erstaunlich gut aus! Was will der König denn? Die Hochzeit absagen?“

„Nein. Aber er will ein paar Unterschriften von mir, bevor er François und mir seinen Segen gibt. Es ist einfach nicht zu fassen! Ich lebe seit bald acht Jahren an diesem Hof mit keinem anderen Ziel, als eines Tages François zu heiraten. Und dann, drei Wochen bevor das Fest beginnt, stellt Henri plötzlich Bedingungen."

„Also doch kein weißes Brautkleid?", fragte Flamina teilnahmsvoll.

Mary schnaubte. „Das wäre ein vergleichsweise einfach zu lösendes Problem. Ich habe von Unterschriften geredet. Hörst du mir nicht zu? Nein, er möchte, dass ich Schottland für die Ehe mit seinem Sohn hergebe!"

Flamina schnappte nach Luft. „Was genau meinst du mit ‚Schottland hergeben'? Natürlich hat er ein Auge auf unsere Heimat geworfen. Sonst hätte er sich ja nicht die schottische Königin für seinen Sohn ausgesucht!"

„Nein, nein. Ich habe keine Probleme damit, dass François ebenso wie ich die schottische Krone trägt. Aber ich soll die Erbrechte an meinem Thron an Frankreich abgeben, wenn ich ohne einen Erben sterbe. Das kommt doch einer Einladung gleich, mir einen ordentlichen Becher voll Gift in die Hand zu drücken! Und schwupps – plötzlich können die französischen Könige sich für alle Ewigkeit mit dem Titel ‚schottischer König' schmücken. Als ob ihnen meine Heimat irgendetwas bedeuten würde!"

„Na ja. So wichtig ist sie dir ja schließlich auch nicht", erwiderte Flamina. „Du warst noch nie auf Besuch bei deiner Mutter in Schottland und unterschreibst nur hin und wieder ein paar Verträge, die dir vorgelegt werden. Eine richtig besorgte Königin würde sich wahrscheinlich anders um ihr Land kümmern."

Mary sah Flamina mit blitzenden Augen an. „Blödsinn. Ich kann meinem Land hier in Frankreich am besten dienen!"

Aber Flamina kannte ihre Freundin und Königin viel zu lange, um sich von ihr einschüchtern zu lassen. Stattdessen wollte sie lieber weiter über diesen Vertrag reden.

„War das die einzige Bedingung? Hast du nicht von mehreren Unterschriften gesprochen?"

Mary nickte. „Ja. Außer dem Erbrecht soll ich die kompletten Einnahmen meines Landes an Frankreich abtreten. So bleibt Schottland auch noch pleite zurück."

Flamina versuchte vernünftig zu sein. „Was sagt denn dein Onkel zu den Forderungen? Er hat doch viel mehr Erfahrung mit so etwas."

„Er saß sogar dabei, als Henri mir die Verträge vorgelegt hat. Ihm ist Schottland doch auch egal. Kein Wunder. Er ist Franzose, er will die Macht in Frankreich. Und die kriegt er nur, wenn ich meine Unterschrift unter diese Verträge setze. Du bist die Einzige, die ich um Rat fragen kann."

Flamina runzelte die Stirn. Man sah ihr an, dass sie sich bemühte einen Ausweg zu finden.

„Du hast auch noch einen Verlobten, wenn ich mich recht erinnere. Hast du ihn schon gefragt, was er von der ganzen Sache hält?"

Mary nickte noch einmal, diesmal zögernd.

„Habe ich. Das hilft aber nicht. François schwört, dass er nichts davon wusste. Er sagt auch, dass er kaum gefragt worden wäre – er wurde ja auch nicht gefragt, ob er mich als Braut haben möchte. Da hat er natürlich Recht. Es ist ein kleines Wunder, dass wir uns so gut verstehen. Aber man behandelt uns immer noch wie kleine Kinder und schiebt uns wie Marionetten hin und her. Unterschreibe hier, sage dazu Ja und lehne dieses ab. Und jetzt geh spielen. Oder heiraten. Je nachdem, was sie für richtig halten!"

Die Zofe sah ihre Königin entsetzt an. So erlebte sie Mary selten. Sie fügte sich sonst meist in ihr Los und schien die Macht, die sie über ihren kleinen Hofstaat hatte, zu genießen.

Mary schüttelte erneut den Kopf. „Also, was soll ich deiner Meinung nach machen? Einfach unterschreiben und das Beste hoffen? Schließlich werden ja nicht alle Verträge erfüllt. Vielleicht haben François und ich ja viele Kinder, die alle meine Erben sind, völlig unabhängig von einem neuen Vertrag. Und die Einnahmen von Schottland stehen mir von jeher zu, da ändert sich also nichts. Mir wird nur angst und bange, wenn ich mir vorstelle, was passiert, wenn François und ich kinderlos bleiben … Das kommt schließlich vor!"

Eine plötzliche Bewegung an der Tür ließ die Mädchen aufschrecken. Klein, drohend und hässlich: Das konnte nur Catharina sein. Sie blickte schweigend auf Mary und ihre Freundin herab.

Dann fing sie endlich an zu sprechen.

„Mary, ich glaube nicht, dass du dir die richtige Ratgeberin für wichtige politische Fragen ausgesucht hast. Ich biete dir meine Erfahrung an."

In Catharinas Augenwinkeln erschienen tatsächlich kleine Lachfältchen. Das hatte Mary noch nie gesehen. Konnte Catharina überhaupt lächeln? Die Königin fuhr mit ihrer schnarrenden Stimme fort: „Du wirst das merkwürdig finden, aber du musst bedenken, dass auch ich eine Braut aus einem fernen

Land war. Vielleicht habe ich doch das eine oder andere beizutragen, das du noch nicht weißt. Kommst du?"

Die Frage war eher ein Befehl als eine Bitte. Aber Mary war tatsächlich neugierig, was die Königin ihr sagen wollte. Sie erhob sich.

„Natürlich. Wollen wir in Euer Gemach gehen?"

Catharina nickte und setzte sich mit rauschenden Gewändern in Bewegung. Es war Mary immer ein Rätsel, wie schnell diese kleine Frau gehen konnte, ohne ihre Würde zu verlieren. Jahrelange Übung wahrscheinlich.

Wenig später erreichten sie Catharinas private Gemächer. Die kleine Italienerin scheuchte ihre Diener und Zofen mit einer einzigen Handbewegung aus dem Raum und schenkte Mary eigenhändig ein Glas Wein ein.

Mary beäugte das Getränk misstrauisch. Angeblich war Catharina eine Meisterin der Giftküche.

Die bemerkte ihr Zögern. „Hab keine Angst. Ein Giftkelch würde erst dann sinnvoll sein, nachdem du meinen Sohn geheiratet und den Vertrag über die Erbfolge unterschrieben hast. Im Moment würde nur einer deiner Halbbrüder in Schottland deine Krone erben, oder?"

Mary hob den Kelch an den Mund. War sie wirklich so leicht zu durchschauen?

Catharina musterte ihre künftige Schwiegertochter aufmerksam. Seit Jahren lebte dieses kluge, temperamentvolle Mädchen am Hof. Es wurde Zeit, dass sie ein paar Dinge über Macht und Politik lernte.

„Setz dich", bat sie Mary. Es klang nicht einmal unfreundlich. „Du wirst dich sicher fragen, was ich dir sagen möchte. Schließlich kann auch ich nichts an den Verträgen ändern. Aber ich kann dir vielleicht etwas deutlich machen, das dir noch nicht klar ist."

Mary schaute Catharina nur an und sagte kein Wort.

„Pass auf. So wie ich die Sache sehe, hast du wenige Wahlmöglichkeiten. Du kannst dich natürlich weigern zu unterschreiben. Und dann? Deine französische Familie wird nichts mehr von dir wissen wollen. Du solltest die Macht in Frankreich sichern. Wenn du es nicht tust, bist du wertlos. Dann kehrst du in eine Heimat zurück, die gerade den wichtigsten Bündnispartner verloren hat – Frankreich. Ihr werdet von England überrannt und dann musst du dir wirklich keine Sorgen mehr um die Erbfolge machen. Oder du unterschreibst. Keiner wird es erfahren und du verschaffst deiner Mutter in Schottland eine Atempause, in der sie versuchen kann mit den Rebellen und den Engländern fertig zu werden. Mit Frankreich an der Seite."

Mary schwirrte der Kopf. Warum war Politik nur so schrecklich kompliziert? Aber Catharina redete unbarmherzig weiter.

„Mary, du führst ein wunderbares Leben und darfst einen Mann heiraten, den du wirklich magst. Das ist mehr, als die meisten jungen Frauen in deiner Situation erhoffen können. Welches sind deine Wahlmöglichkeiten? Dein Onkel würde sofort versuchen dich in irgendein anderes Königshaus zu verloben. Und da gibt es gerade nur eines, das in Frage kommt: Spanien. Leider ist der Prinz ein bisschen blöd, aber dafür ist Spanien sehr reich. Willst du das?"

Mary schüttelte den Kopf.

„Siehst du. Für dein wunderbares Leben musst du ein bisschen von deinem Eigensinn aufgeben. Du kannst nicht immer mit dem Kopf durch die Wand – du musst hin und wieder auch einen Schritt zurückgehen und nach der Tür suchen. Jetzt ist so ein Moment. Glaube mir, Verträge sind nie für die Ewigkeit gemacht. Nicht einmal für ein paar Jahre. Unterschreibe jetzt und warte, bis du mehr Macht hast, dann kannst du etwas ändern."

Mary nickte, sah Catharina aber fragend an.

„Warum tut Ihr das?", wollte sie wissen. „Ich dachte, Ihr könnt mich nicht leiden."

„Falsch. Ich schätze deinen Kopf. Du kannst klar denken, das können nicht viele Adelige. Ich sehe meinen Sohn lieber an der Seite einer klugen Frau. Es wird nur langsam Zeit, dass du lernst, dass alles seinen Preis hat. Auch die Hochzeit mit dem Thronerben. Du kannst dich nicht immer auf deinen Berater, also deinen Onkel, verlassen. Du musst lernen, dass er sehr auf seinen Vorteil achtet. Lerne selber zu denken, dann wirst du mit einem erfüllten Leben belohnt."

Catharina blickte tief in die hellen Augen der jungen Schottin. „Also – wirst du unterschreiben?"

Mary zog die Schultern hoch. „Mir bleibt ja offensichtlich nichts anderes übrig."

Catharina lächelte. „Schön. Die Belohnung sollst du sofort erhalten." Sie deutete auf das Fenster. „Schau hinaus. Dir wird gefallen, was du siehst."

Mary erhob sich und eilte zu dem hohen Fenster, das in einer tiefen Nische lag. Ihr Blick fiel auf den Innenhof des Stadtschlosses. Anfangs sah sie nur den üblichen Tumult und das Durcheinander von Händlern, Kaufleuten und Dienstboten, die Waren anpriesen oder einen Auftrag erfüllen wollten. Doch dann bemerkte sie die Stute. Angebunden vor dem Stall kaute sie gemütlich an einem Büschel Heu, das vor ihren Hufen lag.

Mary drehte sich fassungslos zu Catharina um. „Die Stute? Ihr meint die Stute?“

Catharina nickte – und jetzt war Mary sich ganz sicher, dass sie Lachfältchen entdecken konnte.

„Das war doch dein innigster Wunsch. Ich wollte sie dir schenken, wenn du Einsicht in unsere Pläne zeigst. Schließlich sollst du belohnt werden, wenn du eine so gute Entscheidung triffst.“

„Und sie gehört wirklich mir? Mir ganz alleine?“

Catharina wies auf die Tür. „Geh und führe sie in den Stall.“ Sie zögerte kurz. Dann fügte sie mit einem Blick auf Marys reich besticktes Kleid hinzu: „Und wenn du unbedingt sofort ausreiten willst – zieh dir bitte ein angemessenes Kleid an. Deine Untertanen müssen viele Schafe schlachten um dir ein Kleid, wie du es gerade trägst, zu ermöglichen. Und nimm ein paar Zofen mit.“

Aber den letzten Satz hörte Mary schon nicht mehr. Sie rannte aus dem Zimmer und stürzte – sehr undamenhaft – die Treppe hinunter. Ohne innezuhalten flog sie fast an den Wachsoldaten am Portal vorbei und rannte über den Hof.

Ein paar Meter, bevor sie die Stute erreichte, bremste sie ab. Sie wollte Agnes nicht erschrecken, und ein rennender Mensch erschreckte sogar das bravste Pferd. Ob die Stute sie erkennen würde? Schließlich hatten sie sich ja nur ein einziges Mal gesehen und das lag schon Monate zurück.

„Agnes?“

Bei dem Klang ihrer Stimme hob Agnes die Nase aus dem

Heu und wandte Mary ihren edlen Kopf zu. Sie war noch viel schöner, als Mary sie in Erinnerung hatte. Und sie schien ein hervorragendes Gedächtnis zu haben, denn sie wieherte leise zur Begrüßung.

Mary machte vorsichtig die letzten Schritte und kraulte Agnes unter der Stirnlocke zwischen den Augen. Die Stute drückte ihr den Kopf leicht gegen die Hand und schien die Berührung zu genießen.

Mary strich andächtig über den kräftigen Hals und knotete schließlich den Strick los, mit dem die Stute festgebunden war. Sie wandte sich dem Stall zu – und Agnes folgte ihr, als ob sie in ihrem Leben nie etwas anderes getan hätte. Die Nase direkt an Marys Oberarm schritt Agnes am durchhängenden Strick in den Stall, in dem ein freundlicher Stallbursche Mary sofort einen Unterstand zeigte.

Sie konnte sich an Agnes einfach nicht satt sehen. Die Stute war wirklich riesig, aber gleichzeitig so gelassen und voller Vertrauen, dass sie auf Mary kein bisschen bedrohlich wirkte. Warum nur war sie so bösartig zu allen anderen, die sich ihr näherten? Ob es wohl so etwas wie Seelenverwandtschaft zwischen Menschen und Pferden geben konnte?

Es war schon dämmrig, als Mary sich endlich von Agnes losreißen konnte.

„Ich komme morgen früh wieder, dann machen wir zusammen einen tollen Ausritt. Was hältst du davon, Agnes, würde dir das Spaß machen?" Mary hätte schwören können, dass Agnes fast genickt hatte, aber das konnte ja nun wirklich nicht sein.

Als sie die Stallungen verließ, schaute sie noch einmal zu den

Fenstern hinauf, hinter denen die Gemächer von Catharina lagen. Und erst jetzt fiel ihr eine wichtige Frage ein: Woher wusste Catharina von Marys innigstem Wunsch? Sie hatte es doch nur ihrer Tante Renée erzählt – und die würde doch sicher nicht mit Catharina plaudern? Oder stimmte es, was man immer hörte? Die Wände des Louvre hatten angeblich feine Ohren!

Mary ging nachdenklich in ihre eigenen Gemächer zurück. Es wurde wirklich Zeit, dass sie mit ihren Äußerungen vorsichtiger wurde.

6

Die beiden Dokumente lagen ausgebreitet vor Mary, König Henri drückte ihr die Feder in die Hand und nickte ihr zu.

Mary zögerte nicht mehr und unterschrieb. Sie hatte alles genau durchdacht, es gab keinen anderen Weg, der alle zufrieden gestellt hätte. Was sie beruhigte: Die Schotten würden wohl kaum von einem geheimen Vertrag erfahren, der im Louvre unterschrieben worden war.

Sie wollte sich schon erheben, als der König ihr ein drittes Dokument vorlegte. Mary runzelte die Stirn. Von drei Verträgen war nie die Rede gewesen. Sie blickte fragend in die schweigsame Runde.

Die düsteren Höflinge und Ratgeber des Königs sahen sie nur regungslos an.

Mary räusperte sich. „Verzeiht, mein König. Könnt Ihr mich aufklären, um was es in diesem Vertrag geht?"

König Henri lächelte milde.

„Wahrscheinlich eine völlig überflüssige Vorsichtsmaßnahme, liebe Mary. Mit dieser Unterschrift bestätigt Ihr nur, dass Ihr die beiden anderen Verträge nie aufkündigen werdet. Aber das habt Ihr sicher ohnehin nicht vorgehabt – es ist nur ein weiteres Schriftstück, zu dem mich meine übervorsichtigen Berater gedrängt haben."

Henri sah ihr aufrichtig in die Augen, aber Mary bemerkte, wie Catharina zufrieden dreinschaute. Sie erinnerte an eine Katze, die einen besonders dicken Vogel erlegt hatte.

War es nicht Catharina gewesen, die ihr versichert hatte, dass Verträge nicht für die Ewigkeit geschlossen wurden? Das mochte stimmen – bis man einen dritten Vertrag unterschrieb, der den Widerruf der anderen beiden unmöglich machte. Und sie war in diese Falle hineingetappt wie ein dummes Karnickel! Wenn sie jetzt die Unterschrift verweigerte, dann war sogar dem dämlichsten Höfling – und damit auch dem König – klar, dass Mary plante sie auszutricksen.

Sie ergriff also erneut die Feder und setzte ihre schwungvolle Unterschrift unter den dritten Vertrag. Sie spielte die Gleichmütige, während es in ihrem Inneren kochte. Sie hatte noch viel zu lernen über die Intrigen des Hofes – aber jetzt musste sie sich erst einmal beruhigen. Sie lächelte allen Anwesenden in dem muffigen, engen, von Kerzen erhellten Raum zu und wandte sich zum Gehen.

Kaum war sie aus der Tür, fing sie an zu rennen. Ihre Beine schienen den Weg in den Stall wie von selbst zu finden. Sie schaute atemlos in den Unterstand von Agnes. Wenigstens die war noch da – sie hätte Catharina auch zugetraut, die Stute einfach wieder verschwinden zu lassen.

Mary nickte einem der Stallburschen zu und deutete auf Agnes. „Sattle sie für mich – und nimm nicht den Damensattel. Ich will richtig reiten!"

„Allein?"

Der Stallbursche sah sie fragend an. Er hatte Recht. Natürlich durfte sie nicht einfach ohne Begleitung in die Wälder reiten. Da waren Räuber, versprengte Soldaten und diese merkwürdigen Neugläubigen, die Hugenotten genannt wurden. Ihr blieb nur der großzügige, aber langweilige Park. Dafür war der Jagdsattel natürlich überflüssig – aber das musste sie nicht zugeben.

Sie lächelte hochmütig. „Ich werde Agnes nur im Park reiten, aber nimm trotzdem den Jagdsattel! Und wage es nicht, meine Wünsche in Frage zu stellen!"

Der Stallbursche lief rot an, als er von der gleichaltrigen Königin so angefahren wurde, und beeilte sich ihre Wünsche zu erfüllen.

Wenige Augenblicke später führte er die nervöse Agnes heraus. Wenn er vorhatte, sie vor dem Temperament der riesigen Rappstute zu warnen, dann hatte sie ihm das gründlich ausgetrieben. Er schaute nur auf den Boden, während er ihr die Zügel in die Hand drückte.

Mary schwang sich auf Agnes' Rücken, legte ihre langen Beine an den Pferdeleib und galoppierte davon.

Der Stallbursche sah ihr hinterher. „Soll die hochnäsige Kuh doch von diesem Teufel herunterfallen. Mein Problem ist das nicht", knurrte er vor sich hin.

Mary preschte an einem der wunderschönen Brunnen vorbei und bog in eine gepflegte Allee ein. Agnes war alles andere als kontrolliert – sie legte ein richtiges Renntempo vor und nichts und niemand konnte sie bremsen. Mary war auch nicht in der Laune, es langsam angehen zu lassen. Erst jetzt, als sie im Schatten der frühlingshaft grünen Bäume dahinjagte, ließ sie ihren Tränen freien Lauf.

Sie war auf Catharinas Freundlichkeit hereingefallen. Wie dumm von ihr! Warum sollte Catharina plötzlich nett zu ihr sein? Diese hässliche Italienerin verfolgte doch immer nur ihre eigenen Interessen! Sie sah auf die fliegende Mähne und lächelte widerwillig. Wenigstens dieses Pferd gehörte jetzt ihr ganz allein. Kein braves Jagdpferd, das nur mühsam mit der Gesellschaft Schritt halten konnte, sondern das schnellste Pferd im gesamten Königreich. Und sicherlich auch das größte.

Agnes galoppierte inzwischen an einem kleinen Kanal entlang. Schon bald würden die Mauern des Parks vor ihnen auftauchen – dann war der wilde Ausritt schon fast vorbei. Mary richtete sich auf und griff das erste Mal in die Zügel. Die Stute wurde sofort langsamer, sie deutete nur mit einem übermütigen Kopfschütteln an, dass sie noch lange nicht müde war.

An einem schönen Wiesenstück am Kanal parierte Mary schließlich in den Schritt durch. Sie sah nachdenklich auf Agnes herab.

„Ich werde diese Catharina nicht los. Sie ist Königin, und in ein paar Tagen heirate ich ihren Sohn. Niemand ist so geschickt wie Catharina, wenn es um Machtfragen geht. Sie benützt Gift, Lügen und sogar ihren finsteren Sternendeuter, wie es ihr gerade gefällt. Was soll ich nur tun, Agnes?"

Die Stute blieb stehen und fing an zu grasen. Mary lehnte sich zurück und sah in das flirrende grüne Laub vor dem blassen Frühlingshimmel. Nachdenklich streichelte sie ihrer Stute den Hals. Sie hatte da eine Idee …

„Was wäre, wenn ich versuche so viel wie möglich von Catharina zu lernen? Sie muss nach außen hin freundlich zu mir sein. Immerhin bin ich die Frau des künftigen Königs von Frankreich! Sie ist einfach die beste Lehrmeisterin … So mache ich es, Agnes. Gut, dass du niemandem meinen Plan verraten kannst!"

Mary nahm zufrieden die Zügel auf und wandte sich wieder in Richtung des Palastes. Sie musste nur aufpassen, dass Catharina nichts merkte. Aber wahrscheinlich schmiedete die alte Königin täglich solche Pläne – und fand es eher merkwürdig, wenn jemand so blauäugig durch den Tag lief, wie Mary es bisher getan hatte.

Mary lächelte. Nach der Hochzeit würde sie viel lernen. Mehr, als es Catharina lieb sein konnte.

7

Das Kleid war ganz aus weißer Seide, das enge Mieder dicht mit Perlen bestickt. Darüber lag ein blaugrauer Mantel aus Samt, der mit unzähligen Perlen und Juwelen bedeckt war. Er wog so viel, dass zwei Adelige die Schleppe hinter ihr tragen mussten.

Mary schritt langsam die Treppe von ihren Gemächern hinunter. Im Hof sammelte sich der Hochzeitszug. Da waren die Schweizer Garden und die Musikanten mit ihren Pfeifen und Trompeten, die lautstark den großen Tag der „Hochzeit des Jahrhunderts" begrüßten.

Der Stallbursche hielt Black Agnes für sie bereit. Für den heutigen Tag trug sie einen modernen Damensattel, auf dem man nach vorn blicken konnte und halbwegs sicher saß. So vermied sie, dass irgendjemand Agnes für sie führen musste.

Mary blickte mitleidig zu den anderen Pferden der Hofdamen. Auf deren Rücken waren noch die alten Sättel festgeschnallt: Bänkchen, auf denen man nur seitwärts sitzen konnte, die Füße nebeneinander auf dem kleinen Fußbrett. Die Pferde mussten sehr brav sein und von den Pagen geführt werden. Das war nichts für Mary!

Sie bewunderte noch einmal ihre glänzend gestriegelte Agnes. Das Zaumzeug war über und über mit Perlen verziert, damit es zu ihrem herrlichen Hochzeitskleid passte. Auch der Sattel und das Vorderzeug waren mit blaugrauem Samt überzogen, perfekt passend zu ihrem Mantel. Sie ließ sich auf ihre große schwarze

Stute helfen und nahm die Zügel in die weiß behandschuhten Hände.

Jetzt kam auch François die Treppe herunter. Sein Bayadère war ebenfalls wunderschön geschmückt, bei ihm glänzte alles mit Goldbeschlägen und goldenen Stickereien, ebenso wie bei François, der ganz in Schwarz gehüllt war. Sein sonst so blasses Gesicht war heute vor lauter Aufregung rosig angelaufen und er lächelte Mary breit an.

Leider konnten sie nicht miteinander reden, sie durften noch nicht als Paar zur Kathedrale reiten. Mit lauter Musik setzte sich der Hochzeitszug in Bewegung. Mary spürte die Aufregung ihrer Stute, die leicht tänzelte. Das Volk von Paris drängte sich in den Straßen. Es war seit den frühen Morgenstunden unterwegs, um einen möglichst guten Platz mit Blick auf das Hochzeitspaar zu ergattern. An allen Ecken wurden fettige Speisen angeboten, der Geruch nach heißem Öl und gebratenem Fleisch lag in der Luft.

Wenn Mary vorbeikam, wurde es kurz still. Sie spürte, wie die Pariser die Luft anhielten. Ein weißes Brautkleid? Das war doch unmöglich! Diese Farbe war seit Jahrhunderten die Farbe der Trauer für die Königinnen. Wie konnte die junge Schottin es wagen, einen Freudentag in Weiß zu begehen?

Doch Mary lächelte unbekümmert in die Menge und winkte – und das Volk jubelte dem blassen, rothaarigen Mädchen in seinem weißen Brautkleid begeistert zu. Mary hörte sogar, wie zwei Frauen einander anstießen und meinten: „Das wird sich durchsetzen – wahrscheinlich wollen in ein paar Jahren alle in Weiß heiraten!"

Es schien endlos zu dauern, bis die Kathedrale in Sichtweite kam. Direkt vor dem Hauptportal war ein Pavillon errichtet worden. Der Baldachin leuchtete rot und war über und über mit silbernen Lilien bestickt. Mary ließ sich von ihrem Onkel Charles aus dem Sattel heben. Unter dem roten Samt sollten sie und François sich das Jawort geben – so konnte das Volk bei der Eheschließung zusehen. Erst danach würde die Gesellschaft der Adeligen in die Kathedrale ziehen und der Hochzeitsmesse zuhören.

Mary hörte die Formeln und spürte die klammen Finger von François, der ihr den Ring über den Finger schob. In diesem Moment kam sie sich wie eine kleine, unwichtige Marionette vor. Laute Fanfaren verkündeten die Hochzeit der Königin von Schottland mit dem Thronfolger von Frankreich. Aber dann sah sie François' komplizenhaftes Grinsen und entspannte sich wieder. Egal was passierte, sie und François waren die besten Freunde. Daran konnten auch die Intrigen des Kardinals und Catharinas nichts ändern.

„Geht es dir gut?", wisperte sie François ins Ohr, als sie nach der Hochzeitszeremonie den Mittelgang der Kathedrale entlangschritten.

François lächelte immer noch. „Sicher. Hast du gesehen, wie albern ein paar von den älteren Hofdamen in ihren Festkleidern wirken? Aufgetakelte alte Schabracken …" François deutete unauffällig auf das Kindermädchen der königlichen Kinder, das mit einem engen Mieder eine Taille betonte, die besser ein Geheimnis geblieben wäre.

„Schau dir das an. Sie sieht aus wie eine Presswurst. Ist das nicht zum Brüllen?"

Die beiden kicherten albern, erinnerten sich dann aber an den festlichen Anlass und bemühten sich um einen ernsten und würdevollen Auftritt.

Die Hochzeitsmesse war lang und ermüdend, der prächtige Mantel begann unangenehm auf Marys Schultern zu drücken. Aber mit der Messe war es noch nicht vorbei. Es ging weiter in den Justizpalast zu einem gewaltigen Festmahl, während die Herolde des Königs Silbertaler unter das Volk warfen. Jeder sollte heute an dem Glück des Königshauses teilhaben.

Es wurde Abend. Mary war müde und fing an sich ernsthaft Sorgen um François zu machen. So viele Stunden am Stück immer im Mittelpunkt der Aufmerksamkeit zu stehen – das konnte nicht gut für ihn sein.

Sie neigte sich zu ihm hinüber. „Was meinst du? Wie lange dauert das hier noch?"

François war inzwischen leichenblass, ein paar Schweißtröpfchen hatten sich auf seiner Stirn gebildet. Trotzdem biss er die Zähne zusammen.

„Ich glaube, heute können wir uns kaum früher davonstehlen. Wir müssen noch ein paar Tänze durchstehen." François seufzte. „Daran habe ich schon keinen Spaß, wenn ich genug Schlaf hatte. Heute könnte ich komplett darauf verzichten."

Er hatte Recht. Es dauerte nicht lange und der Ball begann. König Henri tanzte mit seiner frisch gebackenen Schwiegertochter, Catharina mit ihrem Sohn. Zu den Tänzen kamen noch Aufführungen der anderen königlichen Kinder, die mit prächtig geschmückten Steckenpferden durch den Ballsaal ritten und sie schließlich vor kleine Kutschen spannten, auf denen Schauspieler als fromme Pilger verkleidet saßen.

Es war schon spät, als François von Marys Seite verschwand.

„Es folgt noch eine Überraschung!", raunte er ihr zu.

Wenige Minuten später bewegten sich Schiffe in den Ballsaal, die von unsichtbaren Seilen gezogen wurden, während ein silberner Stoff auf dem Boden das Meer nachahmte. In jedem der Schiffe, die in den Wellen zu schaukeln schienen, saß ein maskierter Mann.

Mary ließ das gebratene Schwanenbein, von dem sie gerade abbeißen wollte, sinken. Unglaublich, was Catharina sich immer wieder einfallen ließ. Kein Wunder, dass ihre Feste weithin berühmt waren. Wie hatte sie es nur geschafft, dass diese Galeeren so echt wirkten?

Jetzt wählte jeder der Männer sich eine Gefährtin für sein Boot aus. Als Mary die Maskierten genauer ansah, erkannte sie auch François, der natürlich im ersten Boot saß. Das kam schwankend vor ihrer Tafel zum Stehen und er erhob sich um sie an Bord zu bringen.

François strahlte, weil ihm die Überraschung gelungen war. Als alle Damen in den Booten Platz genommen hatten, drehten sie noch eine große Runde durch den Ballsaal, bevor sie wieder hinausfuhren.

Vergnügt kletterte Mary aus dem Boot und verlor im Tumult den Kontakt zu François. Sie blieb noch kurz stehen um sich den Mechanismus der Boote genau anzusehen. Als sie ihren Blick wieder hob, war sie allein in dem Vorraum. Fast allein. Neben ihr stand plötzlich Onkel Charles in seinem reich geschmückten Rock. An jedem seiner Finger glitzerte ein Edelstein. Er sah ernst auf seine Nichte herunter.

„Gut, dass ich dich allein treffe. Jetzt bist du also die Thronerbin von Frankreich. Aber um deinen und unseren Anspruch zu sichern brauchen wir mehr." Er sah sie aus seinen dunklen Augen eindringlich an. „Du musst möglichst bald einen Thronerben zur Welt bringen!"

„Aber ich bin doch noch so jung!", wollte Mary ihm entgegenschreien. Doch sie blieb stumm und senkte den Blick. Was ging es den alten Kardinal an, was sie und François hinter verschlossenen Türen taten?

Charles packte sie an den Schultern. „Sieh mich an! François ist nicht gesund. Wenn er stirbt, ohne dass du einen Erben erwartest, dann bist du hier am Hof nichts mehr wert. Gar nichts!"

Mary hob das Kinn und sah ihrem Onkel gerade in die Augen. Ihre bernsteinfarbenen Augen schienen Funken zu sprühen und ihre Verlegenheit war wie weggewischt.

„Lieber Onkel. Heute ist mein Hochzeitstag. Findet Ihr es nicht ein wenig verfrüht, sofort über den Tod meines Gemahls zu sprechen? Ich bin mir meinen Verpflichtungen dem französischen Königshaus gegenüber durchaus bewusst. Aber es gibt keinen Grund, jetzt schon die Beerdigung von François zu planen." Sie richtete sich zu ihrer ganzen Größe auf. „Und jetzt seid so gut, tretet zur Seite, damit ich weiter an den Feierlichkeiten zu meiner Hochzeit teilnehmen kann."

Charles machte einen Schritt zurück, als seine Nichte mit hoch erhobenem Kopf an ihm vorbeirauschte. Aber er winkte den kleinen Stallburschen zu sich, der sich immer um Agnes kümmerte.

„Pass genau auf, was zwischen dem Thronerben und der Königin geschieht. Wenn sich etwas ändert, gib mir Nachricht. Es soll dein Schaden nicht sein."

Charles griff in seinen Geldbeutel und drückte dem Burschen einen Silbertaler in die Hand. Der griff gierig danach und verschwand im Dunkeln. Der Kardinal sah ihm nachdenklich hinterher.

Im Festsaal suchte Mary nach François und fand ihn sogleich auf der Tanzfläche des Ballsaals. Er tanzte mit einer seiner kleinen Schwestern eine Volta und hob sie gerade hoch in die Luft. Die Kleine quietschte vor Vergnügen.

Mary schüttelte den Kopf. Wie konnte ihr Onkel ausgerechnet heute von der schwachen Gesundheit des Thronerben reden?

Trotzdem sollten sie und François sich allmählich zurückziehen. Der Tag war lang gewesen und es wurde Zeit, dass sie ein wenig Ruhe bekamen. Sie wartete das Ende des Tanzes ab und suchte dann den Blickkontakt zu François. Er schien das Gleiche zu denken wie sie und nickte.

Natürlich konnte das Brautpaar nicht einfach unauffällig verschwinden. Die Herolde ließen wieder laute Fanfaren erschallen, viele Gäste lachten und machten Bemerkungen über das gemeinsame Bett, das François und Mary ab heute Nacht teilen würden.

Tatsächlich waren die Gemächer neu verteilt worden. Mary und François sollten ab sofort nicht mehr bei den königlichen Kindern schlafen, sondern hatten ihren eigenen Haushalt. Im Schlafgemach wartete ein unglaublich breites Bett mit hohen, reich geschnitzten Pfosten und einem tiefblauen Baldachin auf sie.

Mary war dankbar, endlich ihr prachtvolles Kleid und den schweren Mantel loszuwerden. Nachdem sie sich ausgezogen hatte, schickte sie Flamina weg und schlüpfte in ein Leinenhemd. Im großen Bett empfing François sie mit tiefen, schweren Atemzügen – er schlief schon tief und fest. Mary lächelte. Das ging wirklich nur sie beide etwas an.

8

Der nächste Morgen war ein strahlender Frühlingstag. Schon am frühen Vormittag hatte sich der neue Haushalt von Mary und François aufgemacht um Paris zu verlassen. Ihr Ziel war Chaumont, ein Schloss an der Loire, in dem sie die nächsten Monate verbringen sollten.

Die beiden ritten in einfachen Reisegewändern nebeneinander her und plauderten fröhlich über den Vortag, während Bayadère und Agnes im Gleichtakt nebeneinander her trabten. Der Rest des Haushaltes mit den Hofdamen, Köchen und Stallburschen war ein ganzes Stück hinter ihnen.

„Hast du die Herzogin in dem giftgrünen Kleid gesehen? Wer ihr wohl diesen Ladenhüter aufgeschwatzt hat?“

„Und der Graf in den rotgelben Beinlingen – ob sich die Farben wirklich als neue Mode durchsetzen?“

Beide lachten. Alle Adeligen am Hof hatten einen Teil ihres Vermögens dafür ausgegeben, um bei der Hochzeit möglichst modisch auszusehen. Die Schneider und Wollhändler der Stadt hatten in den Wochen vor der Hochzeit das Geschäft ihres Lebens gemacht. Leider waren nicht alle Ergebnisse großartig gewesen.

Dann wurde Mary ernst. „Mein Onkel hat mich nach der Entführung mit den Booten zur Seite genommen“, begann sie.

François sah sie aufmerksam an. „Und? Was wollte er von dir?“

Mary grinste schief. „Von *uns* ist in diesem Fall wohl richtiger.

Er möchte Thronfolger. Wenn es nach ihm ginge, dann sollte ich jetzt schon schwanger sein."

François seufzte. „Merkwürdig. Erst machen alle viel Wind darum, dass wir zu jung zum Heiraten sind. Und ich bin ja sowieso viel zu krank, wenn es nach meiner Mutter ginge. Aber jetzt, wo wir glücklich vermählt sind, sollen wir sofort Kinder kriegen."

François sah Mary fragend an. „Ich weiß, wir haben nie darüber gesprochen. Aber ich finde, wir sollten uns Zeit lassen. Meine Mutter war schließlich auch schon fast zehn Jahre verheiratet, bis ich auf die Welt kam. Können wir nicht einfach alles so lassen, wie es bisher war? Wir können so viel Spaß mit unserem Haushalt, Jagden und Festen haben – das sollten wir einfach genießen. Der Kardinal muss ja nichts davon erfahren!"

Mary nickte erleichtert. „So habe ich mir das auch vorgestellt. Das geht meinen Onkel doch wirklich nichts an."

Sie nahm die Zügel von Agnes auf. „Wie sieht es aus? Ein Wettreiten unter Eheleuten bis zum großen Baum da vorne?"

François nickte und gab seinem Schimmel die Sporen. Natürlich hatte er keine Chance gegen Agnes, die mit gewaltigen Sprüngen an Bayadère vorbeizog. Am Baum wandte Mary sich zu François um und strahlte ihn an. „Wir werden viel Spaß miteinander haben, nicht wahr?"

Am späten Nachmittag erreichten sie Chaumont. Die beiden wuchtigen, dicken Türme tauchten ganz plötzlich vor ihnen auf.

Mary musterte die steilen Dächer mit den Erkern. Hatten die Wände von Chaumont weniger Ohren als die Wände des

Louvre? Sie beschloss, auf jeden Fall vorsichtig zu sein. Sie traute Catharina jederzeit zu, einen Spion auf sie angesetzt zu haben.

Unter einer kleinen Madonna, die sich in einer Nische über dem Torbogen befand, erreichten sie das geschützte Innere des Schlosses. François deutete auf den Eingang zu einer Kapelle in einer Ecke des Innenhofes. „Habe ich dir schon erzählt, dass Catharina sich in dieser Kapelle mit ihrem Astrologen eingesperrt hat, damit er ihr prophezeit, was aus ihren Söhnen wird?"

Mary blickte neugierig zu der Kapelle hinüber. Sie sah unscheinbar aus, ein Fries zierte das Portal. Sie freute sich, dass François ihr so viel mehr erzählte, seit sie verheiratet waren.

„Und – was hat dieser Nostradamus vorausgesagt?"

„Reinen Blödsinn. Angeblich sollen alle ihre Söhne Könige werden. Das wird ein bisschen eng auf dem Thron, meinst du nicht?" François lachte über die Weissagung, die so wenig Sinn ergab. Schließlich war es völlig klar, dass nur einer der Söhne in Frankreich zum König gesalbt werden würde: François.

Mary stimmte in sein Lachen ein. Aus der Entfernung wirkte der düstere Weissager sehr viel weniger bedrohlich. Sie war froh, ihm nicht mehr jeden Tag über den Weg zu laufen.

Ein paar Diener waren schon vorausgereist und hatten alles für die Ankunft von Mary und François vorbereitet. Stallburschen nahmen ihnen die Pferde ab und in einem kleinen Saal wartete ein köstliches Essen auf das Ehepaar.

Mary ließ es sich, wie immer, schmecken. Die gebratenen Tauben waren jung und zart – sie liebte gutes Essen.

François dagegen stocherte wie so oft auf seinem Teller herum.

Mary stieß ihn sehr unköniglich in die Seite. „Du musst mehr essen. Wir wollen unsere Zeit hier genießen! Was hältst du davon, wenn wir uns morgen ausruhen und dann gleich eine kleine Jagd veranstalten?“

François' Augen fingen an zu leuchten. Er liebte Jagden über alles. Sofort fing er an Pläne zu schmieden.

„Ja, eine wunderbare Idee. Wir könnten uns schon in aller Frühe versammeln, nur wir, die Jäger und noch eine Hand voll Adelige, die bei einer flotten Jagd mithalten können. Dann müssen wir auf niemanden Rücksicht nehmen. Ich reite Bayadère – wagst du es schon mit deiner Stute?“

Mary nickte.

„Natürlich. Sie hat einen sicheren Tritt und ich glaube kaum, dass es ein Problem für sie ist, wenn einmal ein Graben oder eine kleine Mauer im Weg stehen. Du musst dich übrigens hüten – meine Stute ist bestimmt schneller als dein Bayadère.“

François lachte gutmütig. „Du bist die Einzige, der ich den Vortritt lasse, das weißt du doch.“

Den Rest des Abends verbrachten sie mit der Planung der Jagd. Die Feuer im Kamin waren schon lange heruntergebrannt, als sie endlich ins Bett gingen.

9

Auf dem parkähnlichen Rasen vor dem Schloss kläfften aufgeregt die Hunde der Meute. Sie konnten es kaum erwarten, endlich die Fährte aufzunehmen und loszuhetzen. Die Jagdgesellschaft war recht klein, genau so, wie Mary und François es geplant hatten: Ein paar Adelige in ihrem Alter und natürlich Flamina. Sie war bei allen Jagden dabei und ritt ebenso mutig und furchtlos wie Mary und François.

Der Klang der Hörner schallte durch den klaren Morgen und die Jagdgesellschaft machte sich auf den Weg. Mary spürte, dass Agnes nichts von dem gemäßigten Galopp hielt, den die anderen anschlugen. Sie streichelte ihren verschwitzten Hals. „Nur ruhig, meine Schöne, gleich geht es los", murmelte sie immer wieder.

Es dauerte ziemlich lange, bis die Hunde eine Fährte aufgenommen hatten. Ein großer Hirsch mit gewaltigem Geweih zeigte sich plötzlich auf einer Lichtung. Die Hunde begannen ihn zu jagen und die Reiter setzten den Hunden und dem flüchtenden Hirsch hinterher.

Mary war überrascht. Agnes war als Jagdpferd eigentlich sehr unerfahren – wahrscheinlich war dies heute ihre erste Jagd überhaupt. Trotzdem galoppierte sie beherzt hinter der Meute her und setzte selbstbewusst über jedes Hindernis. Mary merkte gar nicht, dass sie den Rest der Gruppe schnell hinter sich ließ. Sie blieb immer dicht hinter den Hunden und konnte immer wieder einen Blick auf den flüchtenden Hirsch erhaschen. Aber plötzlich bogen die Hunde ab und verschwanden im Unterholz.

Mary zügelte Agnes und spähte in das Dickicht. Es war zu hoch um darüber zu springen, zu dicht um durchzureiten. Das aufgeregte Kläffen der Hunde wurde bereits leiser. Sie gab Agnes die Sporen. Sie wollte an dem Dickicht vorbei und dann dem Kläffen folgen, dann würde sie bald wieder auf die Hunde oder die anderen Reiter treffen. Das hoffte sie zumindest.

Der Wald wurde schnell unwegsamer, das Kläffen war nur noch in der Ferne zu erahnen.

Mary wurde unruhig. Das war ihr niemals zuvor passiert. Sie hatte Agnes' Geschwindigkeit einfach unterschätzt und gar nicht gemerkt, dass sie sich so weit von der Gesellschaft entfernt hatte. Gerade als sie Agnes wenden wollte, um ihr Glück in der anderen Richtung zu versuchen, öffnete sich der Wald wieder zu einer großen, grünen Lichtung, die im Licht des Vormittags einladend vor ihr lag. Am Waldrand erkannte Mary drei oder vier geduckte Katen. Aus einem Kamin stieg Rauch senkrecht in den blauen Himmel und in einem kleinen Gehege meckerte eine Ziege. Vor einem der Häuser hängte ein Mädchen Wäsche auf.

Mary ritt neugierig näher. Aus der Ferne wirkte die Szene so friedlich. Doch je näher sie kam, desto deutlicher wurde ihr, wie sehr sie sich getäuscht hatte. Sie stellte fest, dass das Mädchen mit der Wäsche höchstens so alt war wie sie selbst. Nur sehr viel dreckiger. Und unglücklicher. Das Mädchen hatte die Reiterin auf dem schwarzen Pferd gar nicht bemerkt, weil sie leise vor sich hin schluchzte, während sie die schweren Leintücher auswrang und aufhängte. Die mageren Schultern unter der einfachen Bluse bebten.

Mary sah das Haus genauer an. Es war aus grobem Holz gezimmert, wahrscheinlich befand sich im Inneren nur ein einziger Raum, in dem die ganze Familie lebte. Mary konnte sich das nur schwer vorstellen. Kein Wunder, sie hatte ihr ganzes Leben in Schlössern verbracht, in denen immer zu viele Zimmer vorhanden waren.

Als Agnes laut schnaubte, weil eine lästige Mücke sich in ihre Nüstern verirrt hatte, fuhr das Mädchen erschrocken herum. Es legte die Hand über die Augen um gegen die Sonne zu erkennen, wer sich da hinter ihrem Rücken angeschlichen hatte.

„Wer seid Ihr?", fragte es mit einer erstaunlich erwachsenen, heiseren Stimme.

Mary hielt es für besser, sich nicht zu erkennen zu geben. Das junge Ding würde sonst nur noch mehr erschrecken. Sie bemühte sich um ihre freundlichste Stimme.

„Nur jemand, der zu dumm ist, auf dem Weg zu bleiben. Ich scheine mich verirrt zu haben. Könnt Ihr mir sagen, in welche Richtung das Schloss von Chaumont liegt?"

Das Mädchen runzelte die Stirn. „Ich kann mir nicht vorstellen, was man freiwillig in diesem Kasten zu suchen hat. Aber Ihr findet das Schloss in dieser Richtung."

Sie zeigte mit ihrem Zeigefinger genau dorthin, wo Mary gerade hergekommen war. Die Idee mit dem Umdrehen war also richtig gewesen. Aber jetzt war ihre Neugier geweckt. Mary deutete auf das einfache Häuschen.

„Wenn ich mir eure kleine Behausung so ansehe, dann würde ich ein geräumiges Schloss nicht unbedingt verdammen. Da hättet ihr wenigstens mehr Platz."

Das Mädchen unterbrach sie mit einem bitteren Lachen.

„Für unsereinen ist da nur der Platz im Kerker frei – das wissen wir nur zu gut. Da bleibe ich doch lieber an der frischen Luft. Schlimm genug …"

Das Mädchen verstummte und musterte Mary noch einmal genauer. Die Stute mit dem lackschwarzen Fell, das in der Sonne glänzte, das tiefgrüne Jagdkostüm, die aufwändigen Stickereien auf dem kurzen Mantel, den Mary heute für den kühlen Vormittag ausgesucht hatte …

Als sie weitersprach, war sie kurz angebunden.

„Ihr werdet mein Lamentieren nicht hören wollen. Ihr habt es sicher eilig. Wie gesagt: Reitet in diese Richtung, Ihr dürftet Euren Weg nicht verfehlen."

Mary konnte es nicht glauben. Es gab Kerker in ihrem Schloss? Warum wusste sie das nicht? Und – wer saß dort hinter Gittern? Wegen welchem Vergehen? Das musste sie unbedingt herausfinden.

„Verzeiht, ich bin unhöflich. Aber ich kann nicht glauben, dass irgendjemand ungerechtfertigt in den Kerkern sitzt. Welches Vergehen wird Eurem Freund zur Last gelegt?"

„Kein Freund. Mein Vater! Wir leben hier zu zweit. Meine Mutter ist schon vor Jahren gestorben, als sie meinen kleinen Bruder zur Welt brachte. Mein Vater kann gut mit Leder umgehen. Es gibt viele Bauern aus den umliegenden Dörfern, die ihre Geschirre lieber von ihm anfertigen lassen als sie selber zu nähen. Bei meinem Vater können sie sich sicher sein, dass nichts reißt. Er achtet immer auf die Qualität des Leders, er kauft nicht bei jedem dahergelaufenen Gerber ein." Dem Mädchen stiegen die Tränen in die Augen. „Aber das hätte er besser tun sollen. Es ist nämlich nicht verboten, minderwertiges Leder zu verkaufen und zu verarbeiten. Aber es ist verboten, gutes und haltbares Leder von den Neugläubigen zu kaufen! Deshalb sitzt er jetzt im Kerker des Schlosses, zu dem Ihr unbedingt hinwollt!“

Mary richtete sich im Sattel auf. Neugläubige. Davon hatte sie bisher nur wenig erfahren. Sicher, es gab Gesetze gegen sie, aber sie hatte nie so genau hingehört, wenn es um diese Hugenotten ging. Ihr Onkel, der Kardinal, wetterte immer gegen sie. Er sah in ihrem Glauben den Untergang Frankreichs, wenn nicht gar Schlimmeres.

Mary ärgerte sich über sich selbst. Sie hörte immer genau zu, wenn es um die neueste Mode oder die schönsten Pferde ging. Politik, Glauben und Kirche waren ihr bisher zu langweilig gewesen. Das rächte sich jetzt bitter. Wie sollte sie ein Land regieren, in dem gleichaltrige Mädchen in dreckigen Leinenkleidern mehr über die Wirklichkeit wussten als sie? Sie hatte Mitleid mit dem Mädchen. Aber konnte sie helfen? Und – durfte sie helfen? Wie weit ging ihre Macht als Kronprinzessin? Sicher nicht so weit, dass sie bestehende Gesetze überschreiten durfte.

Das Mädchen sah sie immer noch an und wartete auf eine Antwort. Mary schluckte verlegen. „Wie heißt Ihr?“, wollte sie schließlich wissen.

„Anne.“

Mary nickte, als hätte sie auf diese Antwort gewartet. Dann wendete sie Agnes und sagte über die Schulter: „Ich werde sehen, was ich für Euch tun kann, wenn ich Chaumont erreiche. Woran erkenne ich Euren Vater?“

„Das ist einfach. Er ist der Mann, der sich nicht einmal vor

Königen verbeugt. Das bringt ihm sicher auch Ärger im Kerker ein. Es wird der Mann im finstersten Kerker mit den meisten Striemen sein. Er wird sich nicht ändern. Alle nennen ihn nur den Sattler."

Mary gab Agnes die Sporen. „Ihr hört von mir", rief sie noch, als Agnes schon in Trab gefallen war.

Sie ritt in die Richtung, die Anne ihr gewiesen hatte. Sie musste unbedingt etwas unternehmen. Mehr über die Neugläubigen erfahren. Was war denn das Verbrechen dieser Menschen? Der Kardinal hatte sicher schon öfters darüber geredet, aber sie konnte sich wirklich nicht daran erinnern. Es wurde Zeit, dass sie alles über ihr Land lernte.

Mit diesem Vorsatz nahm sie die Zügel kürzer und gab Agnes das Signal zum Galopp. Es dauerte nicht lange und sie vernahm wieder die Hunde. Der Ton ihres Bellens hatte sich geändert, es klang so, als hätten sie ihre Beute bereits erlegt.

Mary feuerte Agnes an und sie galoppierten über eine langgezogene Senke. Am anderen Ende tauchte plötzlich die Jagdgesellschaft auf. François stand schon im kniehohen Gras bei dem großen Hirschen. Als er sie erspähte, winkte er ihr fröhlich zu. Mary hob ebenfalls ihre Hand und sah François nachdenklich an. Was wusste er eigentlich über die Vorgänge in seiner Heimat? Als künftiger König sollte er doch Bescheid wissen!

Doch beim Festmahl am Abend wurde sie enttäuscht. François wusste weder von den Kerkern von Chaumont noch von den Gesetzen, die die Neugläubigen betrafen. Er wedelte nur ungeduldig mit der Hand, als Mary genauer nachfragte. Politik interessierte ihn nicht.

„Ich werde immer Berater haben – so wie deinen Onkel. Warum sollte ich mir da meinen Kopf zerbrechen? Bis ich wirklich König werde, vergeht noch viel Zeit. Dann kann ich mich immer noch um so was wie Politik kümmern. Und überhaupt: Die Sache mit den Neugläubigen ist doch nur eine kurze Mode. Das geht sicher bald vorbei", war seine abschließende Meinung.

Mary seufzte. Wenn sie etwas erfahren wollte, dann war sie wohl ganz auf sich allein gestellt.

10

Am nächsten Morgen war Mary früh auf den Beinen. Sie fand den Hauptmann, der in Chaumont nach dem Rechten sehen sollte, im Innenhof. Mit einem spitzen Messer kratzte er gerade den Dreck unter seinen Fingernägeln hervor. Sein Gewand glänzte speckig und auch die Farbe seiner Beinlinge war unter dem angetrockneten Schmutz nicht mehr zu erkennen. Mit den feinen Adeligen hier im Schloss hatte er nichts zu tun. Als Mary vor ihm stehen blieb, verneigte er sich sofort ehrerbietig.

Mary vergeudete keine Zeit mit Höflichkeiten.

„Ist es wahr, dass Chaumont einen Kerker hat?“

Der Hauptmann musterte die junge Königin, ehe er ihr antwortete.

„Keine richtigen Kerker, dafür steht das Schloss zu nah am Fluss. Aber es gibt Gefangene hier. Ihr müsst Euch keine Sorgen machen, Ihr werdet sie nicht zu Gesicht bekommen. Sie bleiben auch nicht lange hier, wir bringen Sie nach Amboise, dort gibt es ordentliche Kerker.“

„Wie viele haltet Ihr hier gefangen?“

„Zur Zeit nur wenige. Ein paar Neugläubige, ein paar Wilderer.“

„Kann ich sie sehen?“

Der Hauptmann war offensichtlich überrascht. Er zögerte, was Mary ärgerte. Sie war die künftige Königin dieses Landes und wollte wissen, was hier passierte. Doch als sie dem Hauptmann gerade ihre Meinung sagen wollte, schien sich der ungewaschene Mann auf ihre Stellung zu besinnen. Er erhob sich grunzend.

„Folgt mir."

Schon verschwand er in einem seitlichen Eingang, der in den Turm an der nordwestlichen Ecke führte. Diesen Turm hatte Mary bisher nie betreten. Die Wände waren drei Meter dick, die einzelnen Stockwerke nur über eine enge Wendeltreppe zu erreichen.

Im ersten Stockwerk lagerten vier Wachsoldaten, die sich bei Marys Anblick hastig erhoben. Im nächsten Stockwerk lagen Gefangene in Ketten. Der Raum war nicht klein, aber es stank nach ungewaschenen Menschen. Die Luft war feucht und stickig und durch das winzige Fenster in der dicken Mauer drang nur wenig Licht.

Mary hielt unwillkürlich die Luft an. Dann erinnerte sie sich an ihr Vorhaben und fragte mit fester Stimme: „Ist jemand unter euch, der sich der Sattler nennt?"

Am anderen Ende des Raums bewegte sich einer der Gefangenen.

„Was kann ich für Euch tun? Den Sattel reparieren? Dafür müsst Ihr mir leider die Ketten abnehmen."

Genau das hatte Mary vor. Sie wandte sich an ihren Begleiter.

„Tut das. Und bringt ihn dann in meine Privatgemächer. Sofort."

Ohne eine Antwort abzuwarten, wandte sie sich um und eilte die Treppe wieder hinunter. Sie war froh, dem Gestank zu entkommen. Wie konnte man Menschen nur so dahinsiechen lassen?

Sie lief zurück in ihre Gemächer. François schlief sicher noch, die gestrige Jagd hatte ihn angestrengt.

Kaum hatte sie Platz genommen, da brachte ihr der Hauptmann schon den hoch gewachsenen Sattler. Mary sah den Hauptmann an.

„Sagt mir, welches Verbrechen wird diesem Mann vorgeworfen?"

„Widersetzlichkeiten bei der Festnahme! Er hat einen unserer Soldaten verletzt", entgegnete der Hauptmann.

Mary wurde ungeduldig. „Ja. Aber es muss doch einen Grund für diese Festnahme gegeben haben."

Der Hauptmann nickte eifrig. „Er macht Geschäfte mit den Neugläubigen!"

Mary sah ihn scharf an. „Und das ist verboten? Ist es nicht vielmehr so, dass es verboten ist, Schriftstücke der Neugläubigen unter das Volk zu bringen? Oder ihren Predigten zu lauschen?"

Der Hauptmann legte seine Stirn in Falten. Denken war offensichtlich nicht seine Stärke.

Mary ließ nicht locker. „Wer hat denn Anzeige gegen den Sattler erstattet?"

Der Hauptmann war froh, etwas Sinnvolles sagen zu können. „Meister Claude."

Jetzt meldete sich der Gefangene erstmals zu Wort.

„Das ist der Sattler aus dem Nachbardorf, der sein Handwerk nicht versteht! Nach meiner Festnahme ist er jetzt der einzige Sattler hier in der Gegend. Die Viecher haben zwar blutige Rücken von seinem Pfusch, aber *das* ist ja anscheinend nicht verboten."

Mary hob die Hand um ihn am Weiterreden zu hindern. Dann lächelte sie den Hauptmann mit ihrem strahlendsten Lächeln an.

Der stierte fassungslos zurück. Sie war wirklich eine der schönsten Frauen Frankreichs! Er griente dümmlich, bis ihm klar wurde, was diese wunderschöne Frau gerade sagte: „... offensichtlich handelt es sich um einen Irrtum. Seid so gut und lasst den Sattlermeister wieder frei. Er hat nichts Unrechtes getan. Und löscht alle Einträge in Euren Büchern, dass er jemals hier gewesen ist."

Der Hauptmann schluckte, aber er gab seinen Widerstand schnell auf. Der Hof war fern und wahrscheinlich wagte es sowieso niemand, dieser jungen Königin zu widersprechen. Er nahm dem Sattler die Ketten ab.

Mary setzte ein huldvolles Gesicht auf. „Danke für Eure Hilfe. Und jetzt geleitet den Sattler noch zum Tor."

An den Sattlermeister gewandt fuhr sie fort: „Und Ihr seid so gut, richtet Eurer Tochter doch Grüße von mir aus. Noch einmal vielen Dank, dass sie mir gestern den Weg gewiesen hat." Damit nickte sie ihm zum Abschied zu.

Der Mann sah sie an, als ob er gern noch etwas sagen würde. Aber dann nickte er ebenfalls und verließ hinter dem Hauptmann ihre Gemächer.

Mary lehnte sich zufrieden in ihrem Stuhl zurück. Gut, dass sie gestern Abend noch ihren langweiligen Beichtvater in ein Gespräch über die Neugläubigen verwickelt hatte. Pater Robert war ziemlich überrascht, dass sich sein Schützling plötzlich für so ernsthafte Themen interessierte, hatte ihr aber bereitwillig alles erzählt, was er wusste. Dazu zählte auch die augenblickliche Gesetzgebung über die Neugläubigen. Sie lächelte vor sich hin. Die kleine Anne musste jetzt nicht mehr alleine in dem Haus leben und hatte ihren Vater wieder. Mary konnte mit ihrer Macht also etwas Gutes bewegen.

11

Nur wenige Tage später veranstalteten Mary und François ein Fest zu Ehren des Frühlings, der längst mit ganzer Macht Einzug im Tal der Loire gehalten hatte. Die jungen Adeligen, die mit ihnen in Chaumont waren, sollten sich auf keinen Fall langweilen.

In der Dämmerung dufteten die am Spieß über dem offenen Feuer gebratenen Hähnchen und Fasane äußerst verführerisch, darunter mischte sich das kräftige Aroma der geschmorten Hechte.

Das Fest fand vor dem Schloss hoch über dem Fluss statt. Mary stand an der Seite von François und bewunderte die Szenerie: Der Fluss lag breit und ruhig unten im Tal, das Zirpen der Grillen mischte sich mit den Klängen der Musiker und dem Gelächter der Gäste. Sie beobachtete Flamina, die mit einem gut aussehenden jungen Herzog flirtete. Er trug rotgrüne Beinlinge unter seinem dunkelroten Rock und strich sich immer wieder eine hartnäckige Haarsträhne hinters Ohr. Flamina schien ihren Spaß mit ihm zu haben – und sie selber sah großartig aus in ihrem honiggelben, tief geschnittenen Mieder. Der sparsame, hübsche Schmuck dazu – kein Wunder, dass Flamina als Tanzpartnerin immer begehrt war.

Marys Blick wanderte weiter. Ein dickliches Stallmädchen verputzte gerade eine Lerchenpastete, sicher nicht die erste, und warf begehrliche Blicke auf die eingelegten Früchte, die schon bereit lagen. Weiter hinten stand gleich ein ganzes Dutzend der jungen, fröhlich Feiernden, die sich Abenteuer der letzten Jagd erzählten. Gesprächsfetzen wehten zu ihnen herüber.

„… hielt der Mistesel plötzlich vor dem Wassergraben an …“

„Ihr hättet ihn sehen müssen, er sah aus wie …“

„Wartet nur, wenn wir nach Wildschweinen …“

Mary lächelte vor sich hin und griff nach der Hand von François. Er sah sie zwar nicht an, aber seine Finger packten zu und erwiderten den Druck.

„So muss das perfekte Glück aussehen, meinst du nicht?“, flüsterte Mary in sein Ohr. „Nur wir und unsere Freunde, ohne die ganzen düsteren Höflinge.“

François wandte ihr jetzt doch den Blick zu und lächelte. Täuschte sie sich oder war seine Gesichtsfarbe in den letzten Tagen schon gesünder geworden? Die Ausritte, das leckere Essen und die befreite Atmosphäre schienen ihm gut zu tun. Doch dann blickte er über ihre Schulter und plötzlich erlosch das Lächeln auf seinem Gesicht und wich dem üblichen miesepetrigen François-Gesicht.

Mary drehte sich um – wer konnte da kommen? Sie zuckte zusammen.

Charles!

Wie konnte ihr Onkel es wagen, sie hier zu besuchen? Sie winkte zur Begrüßung, aber sie erinnerte sich sofort an seine Worte bei der Hochzeit. Jetzt schritt er durch die Menge der Feiernden, als sei er bei diesem Fest der Ehrengast.

Kurz darauf erreichte der Kardinal seine Nichte und ihren Mann. Er neigte den Kopf zur Begrüßung.

„Ich bin erfreut, Euch hier bei so blühender Gesundheit anzutreffen. Das Eheleben scheint Euch wohl zu bekommen!“

Es war nicht ganz klar, ob Charles damit Mary oder François meinte. Mary zwang sich zu ihrem liebenswürdigsten Lächeln. „Danke, mein Onkel. Was führt Euch zu Eurem unerwarteten Besuch? Ich hoffe, keine schlechten Nachrichten?"

Der Kardinal sah sie kurz aufmerksam an, dann schüttelte er den Kopf.

„Ganz und gar nicht. Ich wollte mich nur vergewissern, dass euch beiden hier nichts fehlt. Ich persönlich finde ja, dass Chaumont viel zu düster ist, um hier die Flitterwochen zu verbringen."

„Da sind wir anderer Meinung", widersprach François. Er zeigte auf den nahen Fluss. „Wo könnte der Blick schöner sein? Mary und ich sind glücklich, wo auch immer wir zusammen sein dürfen. Leider haben wir heute Abend für Euch recht wenig Zeit, wir haben zu einem Fest mit vielen Gästen geladen. Aber ich bin mir sicher, die Speisen werden Euch vorzüglich munden."

Dem Kardinal blieb nichts anderes übrig, als sich abzuwenden und zu gehen. Mary drückte François noch einmal die Hand und grinste ihm verschwörerisch zu.

„Ich mag meinen Onkel, aber hin und wieder finde ich seine Fürsorge ein wenig erdrückend", murmelte sie ihm halblaut zu.

François nickte. „Mir macht er Angst. Er ist nur auf Macht bedacht, sonst nimmt er wenig Rücksicht – genau wie meine Mutter. Wer weiß, vielleicht werden wir auch so, wenn wir alt sind."

Mary konnte sich das nicht vorstellen. „Denk heute nicht mehr darüber nach. Lass uns einfach dieses Fest genießen." Sie griff nach einem Glas, das mit herrlich frischem Weißwein gefüllt war, und hob es in François' Richtung. „Auf dich und unsere Ehe."

Der Rest des Abends verlief ohne weitere Überraschungen. Alle Feiernden genossen den wunderbaren Abend, scherzten und verbreiteten gute Laune. Mary hatte die plötzliche und unerwartete Ankunft ihres Onkel fast vergessen. Erst als sie in Richtung ihres Gemachs aufbrach, tauchte Charles plötzlich aus einer Nische auf. Er packte sie grob am Arm. Im Dunkeln sah sie nur seine weißen Zähne.

„Ich habe gehört, du erwartest noch keinen Thronerben? Habe ich dir nicht klar gemacht, wie wichtig das für unsere Familie ist?" Er zischte die Sätze heraus, als hätte sie ein schweres Verbrechen begangen.

Mary versuchte sich aus seinem harten Griff zu befreien. „Ich kann mir nicht vorstellen, wie Ihr so genau über François und mich Bescheid wissen wollt. Seid gewiss, mein Onkel: Wenn ich einen Erben erwarte, werdet Ihr es als Erster erfahren. Bis dahin möchte ich keine Fragen in diese Richtung mehr beantworten."

Der Kardinal griff noch fester zu. Mary konnte nur mit Mühe einen Schmerzensschrei unterdrücken.

„Es ist deine Pflicht, du kleines verwöhntes Mädchen!"

Endlich gelang es Mary, sich aus seinem Griff zu befreien. Sie machte einen hastigen Schritt zurück.

„Lieber Onkel, Ihr seht das falsch. Ich befehle Euch, mir keine Fragen mehr zu stellen. Ich bin die Frau des Thronerben, ich glaube nicht, dass ich Euch irgendeine Rechenschaft schuldig bin!"

Damit wandte sie sich ab und eilte weiter bis zu ihrem Gemach. Den ganzen Weg über lauschte sie mit klopfendem Herzen, ob Charles ihr folgte, aber er schien sich an ihren Befehl zu halten. Sicher fühlte sie sich erst, als die schwere Tür hinter ihr zufiel. Mary stöhnte. Warum nur ließ ihre Familie sie nicht einfach in Ruhe?

Wenig später tauchte François auf. Leichenblass. Mary ahnte, dass er einen sehr lebendigen Geist gesehen hatte – den gleichen wie sie.

„Hat Charles dir auch aufgelauert?"

François war offensichtlich eher eingeschüchtert als wütend. Er sah sie ängstlich an.

Mary ging zu ihm und strich ihm über die Schulter.

„Mach dir keine Gedanken darüber, was mein Onkel spricht. Wie du vorhin schon gesagt hast: Er denkt nur an Macht und dafür wären etwa ein halbes Dutzend Söhne in seinem perfekten Plan vorgesehen. Wir lassen uns doch von ihm nicht vorschreiben, wie wir leben sollen, oder?"

François blieb still.

Mary wurde misstrauisch. „Was ist passiert, dass du nichts mehr sagst?"

François schluckte schwer, bevor er ihr mit belegter Stimme antwortete.

„Er hat mich an die Prophezeiung von Nostradamus hier in der Kapelle erinnert. Ich habe dir doch davon erzählt – die Weissagung, dass alle Söhne von Catharina König werden. Er hat mich daran erinnert, dass das durchaus passieren kann. Nämlich dann, wenn ich sterbe und keinen Nachkommen habe. Dann wird mein kleiner Bruder Charles König." François sah Mary aus ängstlichen Augen an. „Er macht mir Angst, Mary, verstehst du? Er redet, als würde er mich am liebsten selbst umbringen!"

Mary nahm ihn kurz in den Arm. „Das wird er nicht. Nur über dich ist meine Familie so mächtig. Entspanne dich, er wird dir nichts tun. Er wird nur nicht aufhören zu fragen, wann wir endlich für Erben sorgen. Irgendwann müssen wir uns etwas einfallen lassen. Aber nicht heute. Ich bin mir sicher, er wird bald abreisen. Er wollte uns ein wenig einschüchtern und dann zieht er wieder seiner Wege. Vergiss ihn einfach."

Mary hatte Recht. Schon am nächsten Morgen war der Kardinal wieder abgereist.

Es begann ein sonnendurchfluteter Sommer. Die Hitze stand schon im Juni über den Feldern, während Mary und François fast täglich entlang der Flussufer ritten, immer mit wenig Begleitung.

Marys Eindruck täuschte nicht: François wuchs in dieser Zeit und wurde kein einziges Mal krank. Doch die Zeit nahte, in der sie das Schloss verlassen sollten, um sich wieder dem Hofstaat des Königs anzuschließen.

Und es sollte noch schlimmer kommen. Kurz bevor sie ihren Haushalt in Chaumont abbrachen, bekamen sie wieder Besuch. Diesmal tauchte der König höchstpersönlich bei seinem Sohn auf und erwischte ihn beim fröhlichen Bogenschießen. Die jungen Adeligen wetteten gerade, wer am häufigsten die Zielscheibe treffen würde, als Henri plötzlich bei ihnen stand.

Er redete lange und ernsthaft mit seinem Sohn und machte sich dann sofort auf den Weg in das nächste Schloss, in dem sich der Hof in den nächsten Monaten aufhalten sollte.

François war nach dem Gespräch am Boden zerstört. Doch erst am Abend konnten er und Mary sich ungestört unterhalten. Er platzte mit der Neuigkeit heraus, noch bevor sie nachfragen konnte.

„Ich soll zu den Soldaten nach Amiens. Morgen schon. Mein Vater glaubt, dass ich unter Soldaten endlich richtig erwachsen werde! Er trennt uns!"

Mary sah ihn fassungslos an. „Was hast du gesagt? Schon morgen?"

„Ja! Morgen in aller Frühe soll ich mich mit dem Hauptmann Richtung Norden aufmachen. Seit wann wird ein Husten denn besser, wenn man Pulverdampf einatmet?" Wie zum Beweis seiner schwachen Gesundheit fing François sofort heftig an zu husten.

Mary konnte kaum glauben, was sie da hörte. „Ich verstehe das nicht – warum tut dein Vater so etwas?"

„Ich weiß es nicht. Ich kann mir nicht vorstellen, dass er das mit meiner Mutter abgesprochen hat. Sie will doch immer nur, dass ich mich schone! Und was tust du in der Zeit?"

Mary beruhigte ihn. „Mach dir um mich keine Sorgen. Ich bin wieder bei Hof, da kann ich täglich mit Agnes ausreiten und an Jagden teilnehmen – aber es wird nicht mehr so viel Spaß machen, wenn du nicht dabei bist. Doch ich bin mir sicher, er holt dich vor dem Winter zurück. Ein Winter in einem Heerlager, das würde dich umbringen."

François sah sie beleidigt an. „Jetzt redest du auch schon so, als ob ich täglich dem Tod von der Schaufel springen würde. Pass nur auf, ich werde hundert Jahre alt!" Er lachte.

Mary stimmte ein. Es waren ja nur ein paar Monate. Aber

trotzdem. Der Gedanke allein zu sein, erschreckte sie mehr, als sie François gegenüber zugegeben hatte.

Es geschah so, wie der König es gewünscht hatte. Mary und ihr Hofstaat zogen in ein nahe gelegenes Schloss, François machte sich auf den Weg nach Amiens, um das Kriegshandwerk zu lernen.

Als Mary ihre Agnes in den neuen Stall führte, kraulte sie der großen Stute den Hals. „Du bist jetzt meine einzige Vertraute", flüsterte sie ihr in das schwarze Ohr. „Es wird Zeit, dass wir ein paar Sachen über die Regierung und unser Land lernen, nicht war?"

Noch am gleichen Abend gab Mary Flamina eine Perlenkette.

„Sei so gut, lass doch ein schlichtes Kleid für eine Stallmagd schneidern. Eins, das mir passt und das ich nicht wieder zurückgeben muss. Dazu einen großen Hut, den ich mir tief ins Gesicht ziehen kann. Wenn François etwas über den Krieg lernt, dann will ich in dieser Zeit etwas über unser Volk lernen. Wirst du mir helfen?"

Flamina sah ihre Herrin überrascht an.

„Was hast du vor? Dein letzter Ausflug ist ein halbes Jahr her und den hast du nicht allein unternommen. Noch dazu durftest du viele Ave Marias beten um dafür zu sühnen."

Mary beruhigte ihre Freundin. „François hätte mich im letzten Herbst nicht schützen können, ich kann also ebenso gut allein unterwegs sein. Mich erkennt ja keiner, ich trage die Verkleidung, die du mir besorgst. Außerdem habe ich doch Black Agnes. Wenn mir einer etwas Böses will, muss er mich erst mal einholen. Und – wer weiß? – vielleicht tun mir ein paar Ave Marias ja ganz gut." Mary grinste ihre Zofe verschmitzt an.

Sie würde sich nicht einfach so in ein Schloss einsperren lassen, während draußen das Leben weiterging. Außerdem war da ja noch ihr Plan, möglichst viel von Catharina zu lernen. Wenn François als Soldat aus Amiens zurückkehrte, dann wollte sie sich die Kunst der Intrigen am Hof angeeignet haben.

12

Catharina blickte nachdenklich zu ihrer Schwiegertochter. Sie wurde aus dem Rotschopf einfach nicht schlau. Ihre ganze Kindheit über war Mary ihr ausgewichen. Seit sie aber aus ihren Flitterwochen zurückgekehrt war, schien sie ständig ihre Gesellschaft zu suchen. Mary war dabei liebenswürdig und unterhielt sich offensichtlich gern über ihre Rolle als Königin. Wie ernst meinte Mary das alles? Sie wirkte völlig vertieft, während sie sich über eine Stickarbeit beugte und mit Nadel und Faden hantierte. Schon das war merkwürdig. Früher konnte Mary nie lange genug still sitzen um eine Handarbeit zu vollenden.

Catharina runzelte die Stirn. Ihre zahlreichen Spione hatten ihr von Marys heimlichen Ausritten erzählt. Vielleicht wurde es Zeit, dass Mary erfuhr, dass sie ihre Schwiegermutter nicht so leicht täuschen konnte.

Catharina räusperte sich. „Mary?"

Mary blickte von ihrer Stickerei auf. Bei dieser nervtötenden Arbeit war ihr jede Unterbrechung recht.

„Ja? Was kann ich für Euch tun?"

Catharina sah Mary aus ihren dunklen Augen lange an. Als sie anfing zu sprechen, wusste Mary, dass Ärger drohte.

„Glaube nicht, dass deine Ausritte mit dieser Stute unbemerkt geblieben wären. Verkleidet wie eine Stallmagd galoppiert die künftige Königin von Frankreich über die Felder. Was denkst du dir dabei?"

Mary bemühte sich um einen schuldbewussten Gesichtsausdruck.

„Hin und wieder ertrage ich die Einsamkeit hier am Hof nicht mehr. François ist fern und ich muss ständig an ihn denken. Die beste Ablenkung ist ein Ausritt mit meiner Agnes."

„Und warum die Verkleidung?"

„Allein kann ich sonst nur im Park ausreiten. Ohne Begleitung bleibt mir nur die Verkleidung … "

Catharina unterbrach sie barsch. „Wenn du unbedingt eine gute Königin werden willst, dann solltest du deine kleinen Fluchten vom Hof sinnvoller nutzen als nur Spaß an deinem schnellen Pferd zu haben. Reite in die Weiler, beobachte, wie das Volk lebt. Es ist einer der drei Pfeiler unserer Macht neben dem Heer und der Kirche. Es ist gut zu wissen, was das Volk denkt."

Mary war sprachlos. Wollte Catharina sie mit dieser Aufforderung aufs Glatteis führen, wie sie es schon öfter gemacht hatte? Wusste sie womöglich, dass sie hin und wieder Kontakt mit den einfachen Leuten hatte? Doch das war unwahrscheinlich. Sie spielte wieder die folgsame Schwiegertochter und schlug die Augen nieder.

„Ich werde daran denken, wenn ich das nächste Mal außerhalb des Parks reite. Und seid unbesorgt: Ich achte darauf, dass mich keiner erkennt."

Catharina lächelte nachsichtig. Mary wusste offensichtlich nicht, dass das Volk längst gemerkt hatte, um wen es sich bei der schwarzen Reiterin mit der großen Rappstute handelte. Es war bekannt, dass Mary sich in Streitigkeiten einmischte und gerne den Schwächeren half. Ihre schmalen Hände mit den langen

Fingern, der Ring mit den verschlungenen Initialen F und M – nein, es war in der Umgebung der Schlösser wirklich kein Geheimnis, wer da vorbeiritt. Aber wenn Mary der Ansicht war, dass noch kein Mensch sie bei ihren Ausflügen entdeckt hatte, dann wollte sie ihr diesen Glauben lassen. Und Nutzen daraus ziehen.

Catharina sah ihre Schwiegertochter freundlich an.

„Du kannst mir ja erzählen, was die Leute so reden. Und achte auf die Neugläubigen, diese Hugenotten. Mich würde interessieren, ob es wirklich nur eine kleine Mode ist, die dieser deutsche Mönch Luther da ausgelöst hat, oder ob die Bewegung stärker wird. Dann müssen wir schärfer reagieren, als wir es bisher getan haben."

Mary nickte folgsam. „Das werde ich tun." Natürlich hatte sie das keine Sekunde lang vor, aber sie wollte ihrer Schwiegermutter keinen Grund mehr für Ärger und Strafen geben. Das war die erste Lektion, die sie inzwischen perfekt beherrschte: Wenn du am Hof bestehen willst, dann sage das eine und meine das andere. Wahrheit hatte in den Gemäuern der Schlösser nichts zu suchen.

Nur wenige Tage später galoppierte sie wieder mit Agnes über einen schmalen Pfad durch einen Wald. Der Boden federte unter den raumgreifenden Sprüngen der Stute und Mary hatte das Gefühl, durch den Wald zu fliegen. Agnes schien das Tempo ebenso zu genießen wie ihre Herrin: Sie schnaubte und prustete bei jedem Galoppsprung, als wollte sie der ganzen Welt verkünden, dass hier das schnellste Pferd Frankreichs angeschossen kam.

Bei dem Tempo und dem Wechsel von Licht und Schatten auf dem Weg hatten weder Mary noch Agnes eine Chance, die hohe Wurzel zu sehen, die quer über den Weg wuchs. Agnes' linkes Vorderbein blieb hängen und mit dem gewaltigen Schwung des schnellen Jagdgalopps strauchelte die schwere Stute und ging zu Boden. Mary flog wie von einem Katapult abgeschossen durch die Luft und schlug unsanft einige Meter von Agnes entfernt auf dem Boden auf. Es vergingen einige Sekunden, bis sie sich wieder rühren konnte. Ihre Schulter schmerzte unerträglich. Sie hob stöhnend den Kopf. Agnes rappelte sich gerade wieder auf, ihr schien nichts zu fehlen. Die Stute machte ein paar Schritte Richtung Mary und blieb dann stehen. Mary wollte sich erheben, aber durch ihre Schulter fuhr ein stechender Schmerz. Sie blieb sitzen, während Agnes ihr mit ihren weichen Nüstern ins Gesicht blies. Mary hob mühsam den unverletzten Arm und streichelte das Pferd. „Jetzt sitzen wir in der Klemme, Agnes. Ist dir wirklich nichts passiert? Was sollen wir jetzt nur tun?"

Es vergingen einige Minuten, in denen nichts zu hören war außer dem Gesang der Vögel. Der Schmerz in der Schulter wurde schwächer, wenn sie sich nicht bewegte.

Schließlich wagte Mary einen zweiten Anlauf und kam mühsam auf die Beine. Stöhnend lehnte sie sich an Agnes' Schulter. Als der Schmerz ein wenig nachließ, griff sie entschlossen nach dem Zügel.

„Komm, wir dürfen hier nicht gefunden werden!"

Mühsam machten die beiden sich auf den Weg. Alle paar Meter musste Mary anhalten und warten, bis der Schmerz nachließ. Die Strecke, die sie vorher in Windeseile im Galopp zurückgelegt hatte, erschien ihr jetzt endlos. Vor allem: Wer im Schloss konnte ihr helfen?

Die Sonne stand schon tief, als sich ihr auf dem schmalen Waldweg ein kleiner Karren näherte. Mary überlegte kurz, ob sie sich verstecken sollte, aber schon allein der Gedanke an schnelle Bewegungen verursachte ihr Übelkeit. Also ging sie einfach langsam weiter, Schritt für Schritt, während ihr der Schweiß über das Gesicht rann. Der Karren kam allmählich näher. Auf dem Kutschbock saß eine junge Frau, die geschickt einen kleinen Maulesel lenkte. Mary wandte ihr Gesicht ab und hoffte, dass der Karren einfach vorbeirumpeln würde. Sie wollte in ihrem Elend nicht auch noch erkannt werden. Doch ihr Wunsch ging nicht in Erfüllung. Der Karren hielt neben ihr an und eine ziemlich heisere Frauenstimme fragte: „Geht es Euch nicht gut? Kann ich Euch helfen?"

Mary hielt den Kopf gesenkt, sodass der breitkrempige Hut weiter ihr Gesicht verbarg. Aber die besorgte Frau schien zu spüren, dass hier etwas nicht in Ordnung war. Sie sprang vom Kutschbock und ging auf Mary zu, die unwillkürlich einen Schritt rückwärts machte und dabei mit ihrer verletzten Schulter gegen Agnes stieß. Mit einem leisen Schrei fasste sie sich an die Schulter. Tränen traten ihr in die Augen.

„Aber Ihr habt doch Schmerzen!", rief die junge Frau. Mary nickte und sah auf – und erkannte Anne, die Tochter des Sattlers. Anne riss erstaunt die Augen auf, als ihr klar wurde, wen sie da vor sich hatte. Offensichtlich konnte sie sich nicht entscheiden, ob sie in einem Hofknicks versinken oder die junge Königin lieber stützen sollte, bevor die endgültig in Ohnmacht fiel. Sie entschied sich für Letzteres.

„Was ist passiert? Hat man Euch überfallen?“

Mary schüttelte den Kopf und stöhnte bei dieser Bewegung gleich wieder auf.

„Nein, Agnes ist über eine Wurzel gestolpert und gestürzt. Ich bin dabei auf meine Schulter gefallen. Ich brauche nur ein wenig Ruhe …“

„Und einen Arzt“, stellte Anne trocken fest. „Setzt Euch auf meine Kutsche, ich führe meinen Esel und Eure Stute. Es ist nicht weit zum nächsten Weiler – und dort finden wir einen guten Arzt, das verspreche ich Euch. Ambroise kann jeden heilen.“

Mary nickte, diesmal vorsichtiger, und ließ sich von Anne auf den Kutschbock helfen.

Anne hatte nicht zu viel versprochen. Sie bog auf einen schmalen Seitenweg ab und nach kurzer Zeit lag ein kleines Dorf vor ihnen. Ein paar Bewohner schauten misstrauisch aus ihren Türen, als Anne mit der Stute und der schäbig gekleideten Fremden auf der Kutsche vorbeimarschierte. Aber Anne ließ sich nicht beirren, sondern ging zielstrebig zu einem größeren Haus, das an einer Wegkreuzung lag. Die Symbole über der Tür waren eindeutig: Hier ging ein Bader seinem Gewerbe nach. Anne klopfte. Nach kurzer Zeit öffnete ein bärtiger Mann die Tür. Er erkannte Anne sofort.

„Was bringt dich zu mir? Fehlt deinem Vater etwas?“, fragte er besorgt.

Anne deutete auf Mary, die ihren Hut wieder tief ins Gesicht gezogen hatte. „Nein, ihm fehlt nichts. Aber diese Lady ist mit ihrem Pferd gestürzt und hat sich an der Schulter verletzt. Könnt Ihr wohl einen Blick darauf werfen?“

Ambroise betrachtete interessiert die zusammengesunkene Gestalt, die weiter den Kopf gesenkt hielt.

„Sicher. Und mit wem habe ich die Ehre, wenn ich schon das Gesicht nicht sehen kann?"

Anne flüsterte leise: „Es ist die ‚Weiße Lilie'!"

Mary horchte auf. Weiße Lilie? Was oder wer sollte das denn sein?

Aber der Bader schien sofort zu wissen, was Anne ihm damit sagen wollte. Er blickte noch einmal die Straße auf und ab.

„Bring die Kutsche und vor allem dieses Pferd in meine Stallungen. Hoffentlich hat sie keiner erkannt." Er fuhr etwas lauter an Mary gewandt fort: „Und Ihr seid so gut, kommt doch bitte in mein Untersuchungszimmer."

Mary kletterte mühsam von dem Kutschbock herab und folgte dem Fremden in das Haus. Hinter dem Eingang lag ein großzügiger Flur, auf der linken Seite konnte Mary ein paar Zimmer mit Badewannen darin erkennen. Aber der Mann führte sie in einen kleinen Raum auf der rechten Seite, in dem es kräftig nach Kräutern roch. Er deutete auf eine Holzpritsche mit hohen Beinen. „Setzt Euch!"

Mary gehorchte. Sie war dankbar, dass sie sich endlich nicht mehr bewegen musste. Auf dem holpernden Wagen hatte ihre Schulter fast ebenso geschmerzt wie vorher beim Laufen.

Der Mann fuhr mit seinen Händen über den groben Leinenstoff, aus dem ihre Verkleidung geschneidert war. Über ihrer verletzten Schulter verharrte er kurz, obwohl seine Finger den Stoff kaum berührten. Dann sah er sie an.

„Majestät, ich fürchte, Euer Schlüsselbein ist gebrochen. Das muss ich mir genauer ansehen."

Mary nickte und nestelte einhändig an ihrem Mieder. Wenn bloß Flamina bei ihr gewesen wäre!

Gleichzeitig konnte sie ihre Neugier nicht bezähmen. „Woher wisst Ihr, wer ich bin? Ihr habt mich nie gesehen, glaube ich."

Der Bader lächelte und plötzlich wirkte sein strenges Gesicht freundlich.

„Nein, wir sind uns sicher nie vorgestellt worden. Aber hier in der Gegend wird viel über Euch geredet. Eure Ausritte in Verkleidung und Eure Leidenschaft, mit der Ihr Euch immer wieder bei Streitigkeiten einmischt. Majestät, die Menschen wissen, wer Ihr seid." Der Bader deutete auf Marys lange, schmale Hände. „Mit diesen Händen könnt Ihr keine Bäuerin sein! Dazu das rote Haar, Eure Größe und die schwarze Stute – das ist leicht zu erkennen. Die Dorfbewohner nennen Euch die ‚Weiße Lilie'."

Mary erschrak. Sie hatte immer geglaubt, dass sie völlig unerkannt durch die Wälder galoppiert war. Stattdessen beobachteten die Dorfbewohner wahrscheinlich belustigt die Ausflüge der Thronerbin und machten womöglich Witze auf ihre Kosten.

Endlich hatte sie das Mieder geöffnet. Als der Bader ihre Schulter anfasste, kehrten ihre Gedanken schmerzhaft in die Gegenwart zurück. Schon die leichte Berührung war fast unerträglich.

Er nickte, als hätte er die Bestätigung für etwas gefunden, das er vermutet hatte.

„Ihr habt Euch das Schlüsselbein gebrochen. Das heilt schnell, wenn es ordentlich gerichtet wird. Das heißt, ich muss die Bruchstelle wieder zusammenfügen und dann die Schulter fixieren. Ihr werdet Euren Arm einige Wochen lang nicht benützen können."

Er fragte nicht einmal, ob sie diese Behandlung wünschte. Aber Mary nahm an, dass sie dem sowieso nicht entgehen würde. Und hier bei diesem Bader konnte sie vielleicht verhindern, dass jemand am Hof von ihrem Missgeschick erfuhr.

Mit sicherem, festem Griff legte der Bader eine Hand auf ihre Schulter, die andere an ihren Halsansatz. Er schien gleichzeitig kräftig zu drücken und mit aller Kraft zu ziehen. Es knackte vernehmlich und Mary wurde schwarz vor Augen. Sie sank auf der Pritsche zusammen.

Als sie wieder zu sich kam, war ihre Schulter in feste Leinenstreifen gewickelt und der Ellbogen an ihre Seite gebunden. So konnte sie die Schulter zwar nicht bewegen, aber sie hatte – zumindest für den Augenblick – keine Schmerzen.

Der Bader beugte sich besorgt über sie.

„Geht es Euch besser? Leider lassen sich die Schmerzen beim Einrichten nicht vermeiden, verzeiht mir."

Mary brachte ein schiefes Grinsen zu Stande. „Ihr müsst Euch nicht entschuldigen, ich bin es, die Euch Dank schuldet. Verzeiht meine Unhöflichkeit, ich habe gar nicht nach Eurem Namen gefragt."

Der Bader deutete eine leichte Verbeugung an. „Mein Name ist Ambroise Paré."

Mary richtete sich von der Pritsche auf. „Dann noch einmal meinen besten Dank, Meister Paré. Ich denke, ich sollte jetzt zum Schloss zurückkehren, dort macht man sich sicher schon Sorgen. Was meint Ihr – kann ich reiten?"

Der bärtige Mann nickte. „Wir heben Euch auf die Stute und

dann sollte es keine Probleme geben, wenn Ihr in gemütlichem Tempo zum Schloss zurückkehrt."

Mary stand vorsichtig auf und ging die paar Schritte zur Tür. Draußen dämmerte es schon. Es wurde höchste Zeit, dass sie nach Hause kam. Anne führte Agnes heran und gemeinsam hoben Paré und Anne Mary in den Sattel.

Sie nahm die Zügel in ihre gesunde Hand.

„Seid Euch meiner Dankbarkeit versichert. Ohne Euch wäre ich wohl nie im Schloss angekommen. Meister Paré, wie kann ich Euch erreichen, wenn ich noch einmal Eurer Hilfe bedarf?"

Der Bader lächelte sie freundlich an. „Ich bin immer wieder in den Diensten des Königs auf Feldzügen. Aber wenn ich in meiner Heimat weile, dann findet Ihr mich hier im Dorf. Hier ist mein Haus und hier lebt meine Familie. Fragt einfach nach mir."

Mary drückte Agnes die Fersen in die Seiten und machte sich auf den Weg.

Anne lief noch ein paar Schritte nebenher. „Ich hatte noch keine Zeit Euch zu danken, dass Ihr meinen Vater befreit habt. Wann immer ich Euch helfen kann, fragt einfach nach Anne."

Mary sah in das klare Gesicht des Mädchens. „Ihr habt heute viel für mich getan. Aber wenn ich noch einmal Eure Hilfe brauche, werde ich sicher nach Euch fragen. Bestellt Eurem Vater meine besten Wünsche."

Damit machte sie sich auf den Heimweg. In gemächlichem Tempo schaukelte sie durch den Wald. Agnes setzte ihre Schritte so vorsichtig, als ob sie wissen würde, dass jedes Stolpern und jeder Fehltritt Mary Schmerzen bereitete. Allmählich wurde es dunkel.

Als sie den Wald verließ, sah sie schon die Lichter im Schloss leuchten. Sie ritt über eine große Wiese und lenkte Agnes unauffällig zu den Stallungen, die ein wenig abseits lagen. Vorsichtig ließ sie sich von Agnes' Rücken gleiten. Sie drückte die Zügel einem Stalljungen in die Hand, der die junge Königin in dem Kleid einer Magd überrascht musterte.

„Vergiss, dass du mich gesehen hast!", flüsterte sie dem Stallburschen zu und stahl sich unauffällig in Richtung Schloss. Sie hatte Glück und schaffte es tatsächlich, in ihre Gemächer zurückzukehren, ohne dass jemand sie entdeckte.

Flamina sah mit Entsetzen die Dreckspuren auf Marys Kleid. „Was ist passiert? Ein Überfall?"

Mary lachte gequält auf. „Wenn, dann war es der heimtückische Überfall einer Wurzel auf Agnes' Beine im Galopp. Wir haben uns überschlagen und ich habe mir das Schlüsselbein gebrochen."

„Soll ich nach einem Arzt schicken?", fragte Flamina besorgt.

„Nein. Der würde Catharina nur brühwarm alles erzählen. Ich habe einen Bader in einem Dorf getroffen, der den Bruch eingerichtet und fixiert hat. Ich hoffe jetzt, dass es abheilt, ohne die Aufmerksamkeit der Königin zu wecken. Dafür brauche ich deine Hilfe! Zum Beispiel jetzt mit diesem Mieder."

Flamina nickte und lächelte verschwörerisch. Sie öffnete vorsichtig die Verschnürungen an Marys Mieder und half ihr aus dem Kleid. Mit spitzen Fingern fuhr sie über den Verband aus Leinenstreifen.

„Sieht aus, als ob der Bader sein Handwerk verstehen würde. In den nächsten Nächten wirst du allerdings wenig Ruhe finden."

Mary wollte mit den Schultern zucken, verzichtete dann aber auf die Geste und legte sich einfach ins Bett.

„Zum Glück kriegt François wenigstens nichts von diesem albernen Unfall mit", murmelte sie noch, bevor sie in einen unruhigen Schlaf fiel.

13

Die nächsten Wochen dehnten sich endlos für Mary. Mit den abenteuerlichsten Ausreden sagte sie Jagden ab, verzichtete auf ihre Übungen beim Bogenschießen oder gab Tanzpartnern einen Korb. Der Hofstaat versuchte vergeblich sich einen Reim darauf zu machen, dass die unternehmungslustige schottische Königin sich plötzlich vollständig von allen Unternehmungen zurückzog. Flamina kam sogar das Gerücht zu Ohren, dass Mary endlich den lang ersehnten Thronerben erwartete.

Mary schnaubte verächtlich durch die Nase, als sie das hörte. „François ist schon viele Wochen in Amiens. Wie soll ich denn bitte schön schwanger geworden sein? Durch einen Kurier?"

Von François hörte sie häufig durch seine zahlreichen Briefe. Er war ungern in dem Heerlager, der strenge Drill und das eintönige Essen waren überhaupt nicht nach seinem Geschmack. Immer wieder versicherte er ihr, wie sehr er sich auf die Heimkehr an den Hof freute.

Mary unterhielt sich immer noch oft mit Catharina. Allmählich wurde ihr klar, dass ihre Schwiegermutter der festen Meinung war, Gifttränke und ab und zu ein kleiner Mord gehörten zum Handwerk einer machtbewussten Königin. Es ging nicht darum, ob andere Menschen glücklich oder zufrieden waren, sondern das absolut Wichtigste war ihrer Meinung nach, dass die Macht gesichert wurde. Die Macht in den Händen der

Catharina von Medici, wohlgemerkt. Dafür setzte die alte Königin auch geschickt ihre Kinder ein. So wie François mit Mary für ein starkes Bündnis mit Schottland gesorgt hatte, so wurde jetzt François' kleine Schwester Elisabeth verheiratet. Im kommenden Sommer sollte die Prinzessin König Philipp II. von Spanien heiraten. Keiner kümmerte sich darum, dass Elisabeth Angst vor der weiten Reise, dem fast zwanzig Jahre älteren Mann und dem strengen Zeremoniell am spanischen Hof hatte. Immerhin besiegelte die Hochzeit den Frieden zwischen Frankreich und Spanien, nach einem sechzig Jahre währenden Krieg ein gewaltiger Fortschritt.

Während Mary immer wieder die weinende Elisabeth tröstete, plante Catharina ungerührt die Einzelheiten der Hochzeitsfeierlichkeiten.

Marys Schulter verheilte allmählich, der Herbst zog in das liebliche Tal an der Loire. Sie wagte die ersten Ausritte in die bunt gefärbten Wälder.

Als sie an einem späten Nachmittag im Oktober mit Flamina an den Hof zurückkehrte, wieherte Agnes begeistert zur Begrüßung eines kräftigen Schimmels, der vor dem Stall angebunden war.

Mary konnte es nicht glauben: „Bayadère! François muss wieder da sein!"

Noch bevor Flamina antworten konnte, schwang Mary sich aus dem Sattel und rannte sehr unköniglich über den Hof und die breite Treppe hinauf in ihre Gemächer. Sie hatte so viel Schwung, dass die Tür krachend aufschlug, als sie den Raum betrat. Dann blieb sie verlegen stehen. Es war töricht von ihr gewesen, zu glauben, dass François allein auf sie wartete. Natürlich waren alle anwesend: Catharina, der König und alle Schwestern von François. Mary verneigte sich und konnte François nur die Hand zur Begrüßung reichen – dabei hätte sie ihn so gern in den Arm genommen.

So musterte sie ihn verstohlen, während Catharina und Henri auf ihren ältesten Sohn einredeten. François war in diesem Sommer in die Höhe geschossen, er war jetzt ebenso groß wie Mary. Aber es hatte den Anschein, als hätte er nicht ein einziges Gramm zugenommen. François war zaundürr, die engen Beinlinge schlackerten um seine knochigen Waden und dürren Oberschenkel. Auch im Gesicht traten seine Wangenknochen jetzt deutlich hervor, alles Kindliche war aus seinen Zügen gewichen. Doch einiges war unverändert geblieben. Er schniefte immer noch vernehmlich und wischte ständig seine Nase am Ärmel ab. Und auch seine Augen wirkten wie immer ein wenig entzündet.

Henris kühner Plan, aus seinem Sohn endlich einen „echten Mann" zu machen, war wohl kaum aufgegangen. Sein Sohn war jetzt größer, aber immer noch ziemlich krank. Mary seufzte leise.

François schien zu spüren, dass sie ihn ansah, denn er drehte den Kopf in ihre Richtung und blinzelte ihr heimlich zu. Sie zuckte leicht mit den Schultern – das ging jetzt wenigstens wieder! – und gab ihm zu verstehen, dass sie einfach abwarten sollten, bis sich seine Eltern und Geschwister zurückgezogen hatten. Dann hätten sie Zeit zu reden …

Es wurde spät, bis sie endlich allein waren. François war zwar todmüde, aber er wollte Mary unbedingt das Feldlager in allen Einzelheiten schildern.

Die Zusammenfassung war erschreckend für sie. Die Männer langweilten sich oft, sodass es zu Streitereien kam, die mehr als einmal blutig endeten. Als Thronerbe war François allerdings sicher vor diesen Duellen und zornigen Faustkämpfen. Aber die groben Soldaten fügten sich auf diese Art gegenseitig mehr Schaden zu als der ferne Feind. Das Essen war eintönig und nur der Wein reichlich – aber auch das hob die allgemeine Moral im Lager kaum. Dazu predigten die Priester ständig gegen die Sünde im Allgemeinen und die Neugläubigen im Besonderen.

„Ich habe von den Priestern mehr über den neuen Glauben erfahren als von den Predigern der Neugläubigen", schloss François seinen Bericht.

„Und was denkst du? Sind sie eine Gefahr für die katholische Kirche?", wollte Mary wissen.

François sah nachdenklich aus dem Fenster. Es dauerte eine Weile, bis er endlich antwortete.

„Ich glaube, wir werden uns noch lange mit ihnen beschäftigen müssen. Nicht, weil sie gegen uns sind. Aber die katholische Kirche führt einen erbitterten Kampf und erwartet, dass die Krone diesen Kampf mitführt. So wird der Kampf der Kirchen ein Kampf des Königshauses gegen die Neugläubigen. Daraus wird nicht viel Gutes entstehen."

Mary war überrascht über diese kluge Einschätzung. François hatte sich bis jetzt noch nie für Politik interessiert. Amiens hatte ihn wohl doch stärker verändert, als man ihm auf den ersten Blick ansah.

Den Rest der Nacht unterhielten sie sich über weniger ernste Dinge. Klatsch vom Hof, Neues über Pferde – und irgendwann erzählte Mary François auch von ihrem Sturz, den zum Glück niemand bemerkt hatte.

Mary fühlte sich glücklich und zufrieden. Auf sie wartete ein ruhiger Winter.

14

Acht Monate später

Elisabeth wurde von Schluchzern geschüttelt. Sie klammerte sich an Mary und brachte keinen Satz mehr heraus. Die Ältere streichelte beruhigend Elisabeths Rücken und sprach leise auf sie ein.

„Du musst doch gar nicht sofort nach Spanien. Es wurde vereinbart, dass du erst im Herbst reisen sollst. Und vielleicht ist Philipp ja gar nicht so schrecklich. Du darfst nicht alles glauben, was am Hof so erzählt wird."

Elisabeth schniefte vernehmlich. „Aber sie sagen, er redet nur wenig. Er trägt nur schwarze Kleider, er isst jeden Tag das Gleiche. Seine tägliche Spazierfahrt mit der Kutsche führt über die immer gleiche Strecke. Alle haben Angst vor ihm. Und er ist uralt!"

Mary streichelte ihr weiter den Rücken. Sie hatte die Gerüchte über den spanischen König auch schon gehört und es gab Grund genug zu glauben, dass sie stimmten. Der König war nicht einmal selbst zu seiner Hochzeit erschienen, sondern hatte nur einen Vertreter nach Paris beordert. Aber sie wollte Elisabeth Mut machen.

„Uralt ist er nicht. Er ist ein bisschen älter als dreißig, das ist nicht so schlimm. Er hat bestimmt noch keine grauen Haare."

Elisabeth beruhigte sich nur langsam. Sie trug noch immer ihr wertvolles Brautkleid, das sie heute für die Trauung mit dem spanischen Herzog, dem Stellvertreter Philipps, angezogen hatte. Jetzt war es allerdings verknittert und auf dem Mieder waren feuchte Flecken von Elisabeths bitteren Tränen.

Mary bedauerte ebenfalls, dass eine Freundin ihrer Kindheit den Hof für immer verlassen sollte. Sie hatten ein Zimmer geteilt, bis Mary vor über einem Jahr François' Frau geworden war. Jetzt trennten sich ihre Wege und es war unwahrscheinlich, dass sie sich jemals wieder sahen.

Sie versuchte Elisabeth mit dem neuesten Hofklatsch abzulenken.

„Hast du von der Weissagung von Catharinas Hellseher gehört? Diesem Düsterling Nostradamus?"

Elisabeth wurde neugierig. „Nein. Hat er mir ein langes, langweiliges Leben prophezeit? Dafür muss er nicht sonderlich hellsichtig sein!"

„Blödsinn. Es geht um das Turnier zu Ehren deiner Hochzeit. Alle Hofdichter schreiben über deine Schönheit, die Juwelen der Damen und die Anmut der Kinder – das Übliche. Nur dieser Nostradamus will uns den Spaß verderben. Ich hoffe, dass ich sein Sprüchlein zusammenbringe. Pass auf, das hat er verkündet:

Der junge Löwe wird den alten besiegen
Auf dem Schlachtfeld in einem einzigen Duell.
Im goldenen Käfig wird er ihm die Augen ausstechen,
Von zwei Herren wird einer einen grausamen Tod sterben.

Ist das nicht nett von ihm? Alle feiern, nur er sitzt in der Ecke und unkt. Der ganze Hof ist in Aufregung und redet über nichts anderes."

Elisabeths Tränen fingen wieder an zu fließen. „Und wenn er nun Recht hat?"

Mary schüttelte energisch den Kopf. „Wie viele Turniere hat dein Vater jetzt schon bestritten? Er ist einer der besten Turnierreiter des Landes. Wahrscheinlich sogar der beste. Und er reitet Le Malheureux, mit diesem Pferd ist er unschlagbar! Pass nur auf, das wird ein großartiges Turnier. Und dieser Nostradamus muss danach den Hof verlassen. Jetzt trockne endlich deine Tränen ab – wir müssen zu dem Ball zu Ehren deiner Hochzeit gehen!"

Nach zehn Tagen, in denen ein Ball auf den nächsten folgte, die Jagden, Empfänge und Diners kein Ende nahmen, begann endlich das große Turnier. Catharina saß aschfahl in ihrer Loge. Angeblich hatte sie vom Tod des Königs geträumt.

„Dieser Nostradamus verschafft sogar Catharina Albträume!", wisperte Mary François zu. Sie lächelten sich sorglos an. Was sollte an diesem wunderbaren Sommertag schon passieren? Für das große Turnier waren Tribünen errichtet worden, auf denen auch das einfache Volk einen guten Blick auf die mutigen Lanzenreiter hatte. Und es waren die besten Kämpfer Europas, die hier antraten.

Die Wettkämpfer ritten gemeinsam in das lang gezogene Oval ein, um sich den Zuschauern zu präsentieren.

Mary blickte stolz auf den König. Er saß aufrecht auf seinem Rappen, einem gewaltigen Hengst namens Le Malheureux, den alle Turnierreiter fürchteten. Der Hengst tänzelte, Schaum flockte von seinem Hals. Sein schwarzes Zaumzeug war mit einem Silberfaden bestickt, den Sattel zierten ebenfalls silberne

Beschläge. Auch der König war in Schwarz gekleidet, nur seine Rüstung und die Beinschienen glänzten silbern.

Marys Blick wanderte über Henris Konkurrenten. Gold und braun, rot und grün, gelb und blau – die Farben der Fürsten und Herzöge leuchteten in der Sonne. Dazu die Pferde! Füchse, Schimmel, Kastanienbraune … Ein Pferd war schöner als das andere. Bei jedem Namen, der verlesen wurde, klatschten und johlten die Zuschauer. Endlich verließen die Wettkämpfer das Turniergelände wieder. Die Herolde ließen die Fanfaren erklingen, das Turnier begann.

Henri und sein Rappe stellten sich an der gegenüberliegenden Seite auf, direkt unter Mary und dem Rest der königlichen Familie machte sich ein normannischer Graf mit seinem Fuchshengst bereit.

Gebannt starrten die Wettkämpfer auf den Herold, der ein Taschentuch in die Höhe hielt. Als er es losließ, schossen die Pferde aufeinander los wie Pfeile von einer Bogensehne. Unter den Hufen der mächtigen Tiere bebte die Erde. Die Reiter legten ihre Lanzen an und stützten sich an den Rücklehnen ihrer Sättel ab. Mit einem dumpfen Knall krachten die Lanzen aufeinander und der normannische Kriegsheld wurde von dem König mit viel Schwung aus dem Sattel gehoben.

Le Malheureux stieg hoch in die Luft, er schien sich über den Sieg ebenso zu freuen wie sein Reiter, der mit erhobener Faust die jubelnden Zuschauer grüßte und stolz an ihnen vorbeigaloppierte.

König Henri machte auch mit seinen nächsten Gegnern kurzen Prozess. Alle spürten, dass er an diesem Turniertag zu Ehren der Hochzeit seiner Tochter unschlagbar war. Das Turnier war schon fast beendet, als Henri seinen Malheureux noch einmal wendete und zu einem seiner Hauptmänner ritt. Er senkte vor ihm die Lanze und seine dröhnende Stimme schallte über den Turnierplatz. „Lasst uns noch eine Lanze brechen, lieber Graf Montgomery!"

Der Graf schüttelte den Kopf. „Ich erkenne Eure Überlegenheit an, mein König. Für heute sollten wir nur noch Weingläser heben und die Lanzen ruhen lassen."

Mary bemerkte, wie Catharina ein paar Meter weiter aufgestanden war. Sie war kalkweiß. Offensichtlich schien sie wirklich an die Prophezeiung des Nostradamus zu glauben. Den ganzen Tag über war ihrem Mann nichts passiert, sie wollte nicht, dass er sein Glück noch einmal herausforderte.

Aber Henri ließ nicht locker. Sein Malheureux war so frisch wie am Morgen. Er tänzelte auf der Stelle und schüttelte stolz seine Mähne. Sein Reiter saß aufrecht im Sattel und lachte, als sei er unbesiegbar. Und so fühlte er sich wohl auch.

Mary hatte Mitleid mit dem Grafen. Er konnte die Aufforderung des Königs nicht zurückweisen, das erlaubten die Regeln des Hofes nicht. Der Graf willigte also ein und griff nach seiner Lanze, die nach dem Turniertag schon reichlich ramponiert aussah.

Er wendete seinen kleinen braunen Hengst und galoppierte zum anderen Ende des großen Turnierovals. Hier bezog er Aufstellung und zog sein Visier tief ins Gesicht. Der König brachte sich und seinen Rappen am anderen Ende in Position. Und wieder hob der Herold das Taschentuch, einen atemlosen Moment lang flatterte es im leichten Wind. Mary hörte, wie Catharina halblaut betete.

Für einen Augenblick schien die Zeit stillzustehen, dann segelte das Tuch zu Boden und Malheureux und der braune Hengst schossen aufeinander zu. Henris Rapphengst raste wie ein Blitz auf seinen Gegner zu. Der schien müde zu sein, bemühte sich aber tapfer die Herausforderung anzunehmen. Die beiden Gegner senkten ihre Lanzen, es krachte und Mary konnte in einem Sekundenbruchteil sehen, wie die Lanze des Grafen nach oben abrutschte, splitterte und brach. Der König wankte, hielt sich noch für ein oder zwei Galoppsprünge im Sattel und stürzte dann wie ein gefällter Baum zu Boden. Er blieb regungslos liegen.

Die Zuschauer schrien auf, Mary konnte Catharina hören, deren Entsetzensschrei alles übertönte. Die Königin wollte sofort zu ihrem Mann in die Arena rennen, aber François packte sie am Ärmel.

„Bleib sitzen, Mutter! Wir wollen das Volk nicht beunruhigen. Es wird nur eine kleine Verletzung sein, er wird sich gleich erheben, ich bin mir sicher …“ François' Stimme wurde leiser und verstummte schließlich ganz. Sein Vater blieb leblos im Staub liegen, während seine Knappen zu ihm rannten. Unter dem Helm sickerte Blut auf den Boden.

Ein Knappe winkte aufgeregt um Hilfe, es kamen Männer mit einer Trage, während die Knappen dem König vorsichtig den Helm abnahmen. Mary konnte nicht sehen, welche Verletzung sich dahinter verbarg, die Rücken der Knappen versperrten ihr den Blick. Sie hoben den König auf die Trage, und als sie ihn hinausbrachten, sah Mary, dass sie über seinen Kopf ein Tuch gebreitet hatten. Offensichtlich sollte das Volk die Verletzung nicht sehen.

So schnell es mit ihrer Würde zu vereinbaren war, erhob sich die königliche Familie. Schon auf dem Weg nach unten kam ihnen der Knappe entgegen.

„Die Ärzte lassen ihn in das Hôtel des Tournelles bringen.“

Das Hôtel des Tournelles lag direkt am Turnierplatz, es war eine der königlichen Residenzen in Paris.

Der kurze Weg in den Stadtpalast erschien endlos. Catharina schluchzte leise vor sich hin, François war noch blasser als sonst.

Mary war fassungslos. Es durfte nicht sein, dass dieser kraftstrotzende König, der jeden Gegner besiegte, sich ernsthaft verletzt hatte.

Im Palast fanden sie Henri in seinen eigenen Gemächern. Die Leibärzte waren schon anwesend und berieten sich an seinem Bett. Als die königliche Familie den Raum betrat, wandte sich einer von ihnen um. Catharinas Stimme bebte. „Wie geht es ihm?“

Der Medicus schüttelte den Kopf. „Schlecht. Ein Splitter der Lanze ist durch das Visier in sein Auge gedrungen. Wir wissen weder, wie tief, noch ob wir ihn gefahrlos entfernen können. Der König hat das Bewusstsein noch nicht wiedererlangt.“

Catharina traten Tränen in die Augen. „Wird er sterben?“

Die Antwort war ein ratloses Schulterzucken.

„Wir wissen es nicht. Aber wir haben nach dem Priester geschickt. Er soll nicht ohne kirchlichen Beistand sein.“ Der Medicus wollte noch etwas sagen und zögerte.

Catharina sah ihn verzweifelt an. „Was können wir sonst noch tun?“

„Es gibt einen Bader, der sein Handwerk sehr gut versteht. Wir könnten nach ihm schicken.“

Catharina wurde ungeduldig. „Dann tu das! Warum ist er noch nicht hier? Wir können jeden brauchen, der meinem Gatten helfen kann! Wie heißt dieser Bader?"

Der Mann hob beschwichtigend die Hände.

„Ambroise Paré."

Mary zuckte zusammen, als sie den Namen hörte. Dieser Paré war ein so berühmter Mann? Unwillkürlich griff sie sich an die Schulter.

Der Medicus fuhr fort: „Ich habe erst Eure Erlaubnis einholen wollen. Paré versteht sich auf sein Geschäft, aber er gehört den Neugläubigen an."

Catharina sah den Medicus streng an. „Dann kommt es wohl kaum in Frage, dass er sich um unseren katholischen König kümmert. Ich werde vergessen, dass Ihr mir jemals diesen Vorschlag gemacht habt."

Die Nacht verging, ohne dass sich der Zustand des Königs änderte. Er blieb bewusstlos, lag still auf seinem Bett und atmete schwer. Die königliche Familie wagte nicht den Raum zu verlassen.

Mary saß die ganze Nacht neben François, sie hielten sich an den Händen wie verängstigte Kinder.

Beiden war völlig klar, was passierte, wenn Henri sich nicht mehr von seiner schweren Verletzung erholen würde. Dann wäre François plötzlich König von Frankreich. Und er war noch nicht bereit für dieses Amt.

Der Morgen dämmerte schon über Paris, als Catharina die schweigende, ängstliche Familie in ihre Betten schickte. Sie wollte allein bei ihrem Mann wachen.

Mary und François befolgten zwar ihren Befehl, konnten aber

lange nicht einschlafen. Sie hatten große Angst vor der Zukunft.

Am nächsten Nachmittag wachten sie wieder am Bett des Königs. Irgendwann wurde der unruhig, atmete schwerer und schlug plötzlich sein unversehrtes Auge auf. Er sah verwirrt aus, schien sich dann aber zu besinnen. Mit heiserer Stimme fragte er: „Was ist passiert? Warum steht ihr alle um mein Bett herum?"

Catharina erklärte ihm kurz, was geschehen war. Der König schien aufmerksam zuzuhören, schloss dann aber plötzlich wieder das Auge. Mary beobachtete ihn. Schlief er? Oder dachte er über das Gehörte nach? Sie bekam ihre Antwort nach wenigen Minuten.

Der König schlug das Auge erneut auf und sah seine Frau an.

„Der Graf ist unschuldig, er darf nicht bestraft werden. Die Hochzeit ist gültig, trotzdem. Sorgt dafür, dass Elisabeth im Herbst nach Spanien geht." Sein Blick suchte nach François. „Komm zu mir."

François trat einen Schritt nach vorn. „Wenn ich nicht gesunde, empfehle ich dir mein Volk ..." Henris Stimme war immer leiser geworden, jetzt verebbte sie völlig, der König schien wieder eingeschlafen zu sein.

In der Nacht bekam er hohes Fieber, das auch mit Aderlass und kalten Wickeln nicht sinken wollte. Es vergingen noch einmal zwei Tage, in denen der starke Körper des Königs regelrecht in sich zusammenfiel. Erst jetzt schickte Catharina doch nach dem hugenottischen Arzt Ambroise Paré.

Als der die Gemächer des Königs betrat, begrüßte er die königliche Familie mit einem Kopfnicken. Zu Marys Erleichterung gab er nicht zu erkennen, dass er bereits ihre Bekanntschaft gemacht hatte.

Paré beugte sich über den König und nahm ihm die Augenbinde ab, die die Ärzte über seine Verletzung gelegt hatten. Er sah die eiternde Wunde an, die jetzt an Stelle der Augenhöhle im Gesicht des Königs klaffte. Einen halben Tag lang untersuchte er den König, zupfte mit spitzen Gegenständen an den Wundrändern und maß den Puls. Dann ging er einen Schritt zurück und schüttelte den Kopf. Er schaute Catharina ernst an.

„Es tut mir Leid, Majestät, aber Eurem Gatten kann nur noch der Herr helfen. Die Splitter der Lanze sind tief eingedrungen, ein Teil ist noch in der Wunde. Das sorgt für eine Entzündung, die sich auf das Gehirn ausgebreitet hat. Ich kann nichts tun, Euch bleibt nur das Gebet."

Damit verschwand der Bader wieder. Seine Vorhersage erwies sich als richtig. Der König wurde schwächer, sein Atem setzte immer wieder aus. Zehn Tage nach dem folgenschweren Turnier stockte tief in der Nacht sein Atem, er nahm noch zwei lange, schwere Atemzüge, dann blieb sein Herz für immer stehen.

Die Weissagung des Nostradamus war zur bitteren Wirklichkeit geworden.

Catharina hatte in den vorhergehenden Tagen alle Tränen geweint. Jetzt stand sie steif von ihrem Stuhl am Sterbebett des Königs auf. Sie wirkte kühl und gefasst.

„Wir müssen das Volk über den Tod des Königs informieren", beschloss sie mit ausdrucksloser Stimme.

Die Familie erhob sich und folgte ihr aus dem Sterbezimmer. An der Tür hielt Catharina inne. Sie bedeutete Mary und

François, vor ihr den Raum zu verlassen. Als die beiden zögerten, wurde sie deutlicher.

„Der König und die Königin stehen über der Königinwitwe. Ich muss Euch den Vortritt lassen."

Mary ging an Catharina vorbei. Sie war also Königin von Frankreich. Dabei war sie gerade erst sechzehn Jahre alt.

15

Die nächsten Tage vergingen wie im Flug. Marys Onkel tauchte wie ein böser Geist auf, kaum dass der Tod des Königs verkündet worden war. Er erschien im Louvre, noch bevor François und Mary mit ihrer Staatskarosse dort eintrafen, und kümmerte sich um die Staatsgeschäfte.

Catharina, die sonst immer so streng darauf geachtet hatte, dass die Macht der Guisen am Hof nicht zu stark wurde, war in diesen Tagen keine Hilfe. Die Hofetikette sah vor, dass sie sich vierzig Tage in einem schwarz ausgeschlagenen Raum aufhalten musste und nur nahe Verwandte empfangen durfte. In dem Raum brannten Tag und Nacht zwei Kerzen.

Als Mary ihren Beileidsbesuch bei Catharina machte, war sie von der aufrichtigen Trauer der Königin überrascht. Sie traf Catharina in einem schmalen schwarzen Kleid mit einem schlichten Hermelinkragen an. Mary selber trug Weiß, dieselbe Farbe, die sie ein Jahr vorher bei ihrer Hochzeit getragen hatte. Jetzt passte die Farbe zum Anlass, Weiß war immer noch die offizielle Farbe der Trauer.

Diese Farbe trug Mary auch bei der Beerdigung. Sie ritt mit Agnes im Trauerzug nach Notre Dame und musste daran denken, wie sie das letzte Mal am jubelnden Volk vorbei zu ihrer Hochzeit geritten war. Jetzt saß sie wieder in einem weißen Kleid auf ihrer schwarzen Stute, aber von den vielen Zuschauern war kein Ton zu hören. Der Wagen mit dem Sarg rollte über das Pflaster, die strahlende Augustsonne schien überhaupt nicht zu dem schrecklichen Anlass zu passen. Selbst Agnes schien die traurige Stimmung zu spüren und schritt am langen Zügel mit gesenktem Kopf dahin.

Mary machte sich Sorgen um François. Seit dem Tod seines Vaters hatte er sich völlig zurückgezogen und kaum ein Wort gesprochen. Jetzt saß er auf seinem Bayadère wie ein Schatten seiner selbst.

Sie suchte seinen Blick, aber er starrte stur geradeaus, während seine Unterlippe zuckte. Er schien sich nur mühsam beherrschen zu können.

Seine Mutter saß mit versteinertem Gesicht in einer Kutsche, sie war ihrem Sohn keine Hilfe.

In der Kathedrale umfing Mary der Geruch nach Weihrauch. Sie beobachtete ihren Onkel bei der großen Trauerfeier – nun besaß er endlich die Macht, nach der er immer gegiert hatte. Charles zelebrierte in seinem feinen Gewand die Beerdigung. An seinen Fingern glitzerten mehr Edelsteine als je zuvor. Mary kam sich wieder einmal wie eine kleine Marionette in den Händen ihres Onkels vor. Nur durch sie hatte er die Herrschaft erlangt.

Sie richtete sich ein wenig in ihrem Stuhl auf. Ihr war klar, dass sie weiterhin etwas für ihr Volk tun wollte. Vielleicht sollte sie ihre Ausritte mit Agnes wieder aufnehmen? Möglicherweise nicht sofort, aber dann konnte sie wenigstens den Armen in den umliegenden Dörfern helfen.

Sie folgte der Messe nur mit halber Aufmerksamkeit. Stattdessen beobachtete sie ihre Familie, die mit ernster Miene diesen „Trauertag“ beging. Mit dem Tod Henris hielten sie die Macht nun fest in den Händen.

Die Trauerfeierlichkeiten währten einige Tage, in denen Mary und François keine Zeit für eine Aussprache hatten. Sie trafen sich nur in ihren Gemächern, um die Kleider zu wechseln, und François wirkte dabei immer bedrückt. Die Bürde des Throns schien zu schwer für seine schmalen Schultern zu sein.

Auch zur Krönung wollte er keine Feierlichkeiten anordnen. Der Tag seiner Inthronisation war der erste offizielle Herbsttag in diesem Jahr. Es war kalt und windig, François verzichtete auf übertriebenen Prunk. Er wählte für sich einen schlichten Umhang aus schwarzem Samt, den keine Stickerei schmückte. Alle Damen des Hofes trugen dunkle Farben, so hatte es der König gewünscht. Nur Marys Kleid leuchtete in einem hellen Rot. Sie sollte und wollte an diesem Tag neben dem dunklen Hof glänzen, wenigstens für die Dauer der Feier.

Und wieder nahm ihr Onkel die feierliche Handlung vor. Er krönte François zu einem der mächtigsten Männer Europas. Und damit eigentlich sich selbst.

Mary beobachtete von ihrem Sitz in der Kathedrale das Geschehen. Sie war schon im Alter von sechs Tagen zur Königin gesalbt worden, also war jetzt keine weitere Zeremonie nötig. Die Krönung und das anschließende Festbankett dauerten nur einen Nachmittag, danach wurde die Hoftrauer um den verstorbenen König fortgesetzt.

Am Abend der Beerdigung fand Mary François nachdenklich am Fenster stehend. Er sah reglos auf den endlosen Regen hinaus, der im kalten Wind fast waagrecht am Fenster vorbeirauschte.

Sie berührte ihren Gemahl leicht an der Schulter. „Was ist, François? Du bist so still in letzter Zeit."

„Warum sollte ich nicht still sein? Meine Jugend ist vorbei. Dein Onkel benimmt sich, als sei er der Thronfolger. Er macht mir Angst. Du bist seine Nichte, ich weiß nicht, auf welcher Seite du stehst.“ François wandte sich um und sah sie aus traurigen Augen an. „Kann ich dir vertrauen, Mary? Was sind deine Pläne, jetzt, wo du Königin von Frankreich bist?“

Mary bemühte sich ihn zu beruhigen. „Das ist Blödsinn, François. Ich habe mich durch diesen Titel nicht verändert – dafür solltest du mich gut genug kennen. Königin war ich schließlich vorher schon. Und mein Onkel will nur das Beste für Frankreich, sei dir dessen bewusst. Er will uns helfen, solange wir noch zu jung sind um die volle Herrschaft zu übernehmen. Sei dir sicher: Ich werde immer auf deiner Seite sein!“ Sie sah ihm fest in die Augen. Glaubte er ihr?

Sie knuffte ihn leicht in die Seite. „Was hältst du von einem ordentlichen Ausritt? Ich glaube, das kann uns jetzt keiner mehr verbieten, oder?“

François lächelte. „Ich glaube nicht. Unser Wille sollte das Gesetz sein. Zumindest in der Theorie. Tatsächlich ist es jetzt aber dunkel.“ Er zeigte zu dem schwarzen Viereck des Fensters. „Das können nicht einmal wir mit unserem königlichen Willen ändern. Aber du hast Recht: Morgen reiten wir aus. So wie früher!“

Mary nahm ihn in den Arm. Er fühlte sich knochiger an denn je. Ob er jemals ein richtig gesunder und kräftiger Mann werden würde?

François räusperte sich. Offensichtlich lag ihm noch etwas auf dem Herzen.

„Was ist los?“, ermutigte sie ihn.

„Dein Onkel … “, begann er, verstummte dann wieder und wendete den Blick ab.

Mary schüttelte ungeduldig den Kopf. „Was ist mit ihm? Hat er dich erschreckt?“

„Irgendwie schon“, fuhr François fort. „Er hat mich zur Seite genommen und mir erklärt, dass ich jetzt unbedingt für einen Thronerben sorgen müsse. Sonst wären meine Brüder die Nächsten in der Thronfolge und das könnte ich ja nicht wollen. Charles wurde richtig ekelhaft. Er sprach von meinem göttlichen Auftrag. Was sollen wir nur tun? Ich möchte am liebsten alles so lassen, wie es jetzt ist. Du bist meine beste Freundin, Mary, aber ich bin doch noch viel zu jung für alles andere … Der Kardinal wird keine Ruhe geben. Er wird immer wieder ankommen. Was sollen wir ihm entgegensetzen?“

Mary musterte ihn nachdenklich. Sie verstand sehr wohl, was ihr Onkel wollte. François war schon immer kränklich und dünn gewesen, seine Nase lief ohne Unterlass. Das wurde auch im Sommer nicht mehr besser. Der Kardinal fürchtete um seine Macht. Sie hing am Leben des Königs, das wollte er durch einen Thronerben absichern. Nur: François war durch seine Krankheit körperlich so geschwächt und zurückgeblieben, dass er wohl kaum einen Thronerben zeugen konnte. Sie liebte ihn wie einen engen Vertrauten, einen Bruder – und sie hatte sich am Tag der Hochzeit geschworen, alles Unheil von ihm fern zu halten. Jetzt wurde es wohl Zeit, das Versprechen, das sie sich selbst gegeben hatte, einzulösen. Aber ganz anders, als ihr Onkel sich das vorgestellt hatte.

Sie lächelte leicht und beugte sich vor, um François ihren Plan ins Ohr zu flüstern.

Er kicherte. „Du meinst, dein Onkel würde auf so etwas hereinfallen?“

Mary nickte. „Sicher. Es ist sein größter Wunsch! Ich fange gleich morgen an.“

Ihre Ausrittpläne für den nächsten Tag wurden durch scheußlichen Regen zunichte gemacht. Aus dem grauen Himmel schüttete es ohne Unterlass und alles in dem Schloss fühlte sich klamm und feucht an.

Mary zog sich schon am Vormittag an das Feuer eines Kamins zurück. Sollte der Sommer so schnell vorüber sein? Wie sie es gestern mit François vereinbart hatte, wählte sie ein weiteres Kleid aus und rief Flamina zu sich.

„Kannst du ein Geheimnis für dich behalten?“

Flamina strahlte Mary an. Sie liebte Geheimnisse über alles.

„Natürlich. Um was geht es?“

Mary senkte ihre Stimme zu einem Wispern. Flamina hörte ihr fassungslos zu. Schließlich konnte sie sich nicht mehr beherrschen und rief: „Damit kommst du nicht durch! Dein Betrug wird auffliegen!“

Mary legte beruhigend die Hand auf Flaminas Arm.

„Natürlich. Selbst der dümmste Höfling wird irgendwann merken, dass eine entscheidende Sache fehlt – die Geburt eines Erben. Das macht aber nichts. Schließlich gibt es tragische Ereignisse im Leben einer Frau, über die nur hinter vorgehaltener Hand gesprochen wird. Und bis dahin haben François und ich ein paar Monate Ruhe. Und dazu wird es ein Riesenspaß …“

Flamina schüttelte noch einmal den Kopf, konnte aber ein breites Grinsen nicht verbergen. „In Ordnung. Ich besorge dir ein paar weite Gewänder.“

Damit verschwand die Zofe und tauchte nur wenige Minuten später mit dem Arm voller Kleider wieder auf.

Mary wusste aus leidvoller Erfahrung nur zu gut, wie sie eine Ohnmacht herbeiführen konnte. Sie musste nur zu viel essen und schon schmerzte ihr Magen so sehr, dass Schwindel sie befiel. Wenn sie dann noch die Luft anhielt, wurde ihr schnell schwarz vor Augen. Schon am Mittagstisch probierte sie das Kunststück aus und es funktionierte zuverlässig. Natürlich schöpfte bei einer einmaligen Ohnmacht noch niemand Verdacht, auch nicht, als Mary später am Tag laut genug für alle Umstehenden verkündete, dass ihr unwohl sei und sie sich in ihre Gemächer zurückziehen würde.

Aber schon eine Woche später blickten ein paar Hofdamen neugierig auf Marys weite Gewänder.

Catharina bat ihre Schwiegertochter zu sich.

Mary erschien noch am gleichen Nachmittag vor der Königswitwe. Seit dem Tod Henris trug Catharina ausschließlich schlichte schwarze Gewänder, die sie noch strenger erscheinen ließen, als sie es ohnehin war.

Sie unterhielten sich eine Zeit lang über irgendwelche Belanglosigkeiten, wie den bevorstehenden Umzug des Hofes aus Paris in eines der Schlösser an der Loire. Catharina verließ den Louvre nur ungern, aber Mary freute sich auf die liebliche Landschaft. Die Stadt empfand sie immer als bedrückend, eng und beklemmend.

Schließlich starrte Catharina unverfroren auf Marys Bauch. „Gibt es etwas, das ich wissen sollte?"

Mary legte ihre Hand mit einer Geste auf den Bauch, die sie hundertmal bei Schwangeren gesehen hatte. Sie schaute Catharina aus großen Augen an, von denen sie hoffte, dass sie möglichst unschuldig wirkten.

„Nein, was sollte das sein?"

Catharina sah ihr in die Augen. Mary merkte, dass Catharina ihre Scharade keine Sekunde glaubte. Aber ihr blieb nichts anderes übrig als mitzuspielen. Leider ganz anders, als Mary sich das vorgestellt hatte. Die schwarz gekleidete Frau redete weiter.

„Wenn ich das richtig sehe, dann solltest du in nächster Zeit auf die wilden Ausritte mit deiner schwarzen Stute verzichten. Du willst dich doch schonen, oder?"

Mary hielt die Luft an. Damit hatte sie nicht gerechnet. Sie sollte auf ihre geliebten Ausritte verzichten? Aber Catharina hatte womöglich Recht – wenn sie schon vortäuschte, ein Kind zu erwarten, damit ihr Onkel endlich Ruhe gab, dann musste sie auch auf ihre Freiheiten verzichten.

Sie seufzte. „Ja, liebe Catharina, das fürchte ich auch. Ich werde künftig mehr Kutsche fahren."

Als sie wenig später die düsteren Gemächer der Königswitwe verließ, führte ihr erster Weg in den Stall. Als sie mit leichten Schritten die Stallgasse entlangeilte, erkannte Agnes sie sofort. Aus ihrem Unterstand kam Mary ein freundliches Brummeln entgegen. Mary schlüpfte zu der großen Stute in den Unterstand und streichelte die weiche schwarze Nase, die sich ihr entgegendrängte.

„Verzeih mir, Agnes", flüsterte sie. „In nächster Zeit kann ich kaum noch zu dir kommen. Ich muss François schützen. Wenn ihn mein Onkel unter Druck setzt, wird er immer schwächer. Charles hat keine Ahnung, wie anfällig François wirklich ist. Er bricht unter der Belastung einfach zusammen – aber Charles denkt nur an sich selbst!“

Sie kraulte Agnes zwischen den Augen. Die Stute drückte die Stirn vertrauensvoll in Marys Hand. Es verging eine lange Zeit, bis Mary ihre Stute verließ.

16

Das Gerücht über Marys Schwangerschaft verbreitete sich in Windeseile am französischen Hof. Mary trug wallende Gewänder und beim Umzug aus Paris setzte sie sich erstmals in eine Kutsche. Agnes sollte von einem Stallburschen geritten werden. Es zeigte sich schnell, dass die eigensinnige Stute nach wie vor nur Mary auf ihrem Rücken duldete. Der Stallbursche flog einige Male in hohem Bogen auf den Boden, bis die Idee verworfen wurde. Es war besser, ein Stallbursche würde Agnes als Handpferd mitführen.

Mary hatte den Kampf mit der schwarzen Stute wehmütig beobachtet. Nichts leichter, als auf die Stute zu steigen, sich die frische Luft um die Nase wehen zu lassen und sich auf das neue Schloss zu freuen. Stattdessen musste sie gemeinsam mit Catharina und einigen Hofdamen in der muffigen Kutsche hocken, die langsam dahinschaukelte. Da brauchte sie das Unwohlsein gar nicht vorzuspielen. Der Geruch nach ungewaschenen Körpern, den die Damen mit süßlichem Parfüm zu übertünchen versuchten, mischte sich mit dem nach nasser Schafswolle und dem Proviant von Ziegenkäse, den eine der Frauen mit sich führte. Sie waren kaum vor den Stadttoren von Paris, als Mary sich das erste Mal übergab. Alle blickten mitleidsvoll auf die Königin. Aber in ihrem Zustand war die Übelkeit ja normal. Keiner merkte, dass Mary sich einfach nur ein wenig frische Luft wünschte. Oder wenigstens saubere Reisegefährten.

Als Mary wieder in der Kutsche Platz nahm, musterte Catharina sie aus ihren schwarzen Augen.

„Ich hoffe, dir geht es besser, liebe Mary", brachte Catharina schließlich heraus. Für ihre Verhältnisse in einem sehr freundlichen Ton.

Mary nickte.

Catharina hatte offensichtlich ein Anliegen.

„Hast du dich inzwischen mit den Neugläubigen beschäftigt? Was denkst du über diesen Frevel?"

Mary erinnerte sich sofort an den freundlichen Bader Ambroise Paré, der ihr geholfen und den die Königin erst so spät an Henris Bett gerufen hatte. Aber Catharina wollte wohl nichts über Sympathie für neue Ideen hören.

Mary räusperte sich, bevor sie diplomatisch meinte: „Ich denke, sie sind keine Gefahr für den Thron. Sie befolgen die Gesetze, machen wenig Ärger und sind glücklich, wenn wir sie einfach in Ruhe lassen. Vielleicht ist das der Schlüssel im Umgang mit ihnen."

Catharina schnaubte verächtlich durch die Nase. „Ich kann es nicht glauben, dass du das sagst. Sie stellen die Autorität des Papstes in Frage! Das können wir nicht dulden!"

Mary betrachtete Catharinas bebendes Doppelkinn. Sie hatte fast vergessen, dass sie die Nichte eines Papstes war. Kein Wunder, dass sie in dem neuen Glauben in Frankreich das Übel schlechthin sah.

Catharina redete bereits weiter. „Zum Glück weiß ich mich einig mit deinem Onkel Charles, dem Kardinal. Er möchte die Neugläubigen mit aller Schärfe verfolgen. Ihnen soll die Freude an ihrem Gott ohne die katholische Kirche vergehen!"

Mary ärgerte sich wieder einmal über sich selbst. In ihrem Bemühen, Charles so gut wie möglich auszuweichen, war sie erfolgreich. Aber offensichtlich so sehr, dass sie nicht mitbekommen hatte, dass ihr Onkel einen Kreuzzug gegen die Neugläubigen in Frankreich begonnen hatte. Sie gab ihre Wissenslücke aber lieber nicht zu, sondern fragte höflich nach.

„Und wie möchte der verehrte Kardinal das durchsetzen? Soweit ich weiß, darf der neue Glauben ohnehin nicht mehr verbreitet werden. Wer dabei erwischt wird, kommt in den Kerker. Und die Gottesdienste dürfen auch nicht öffentlich abgehalten werden."

Catharina nickte. „Ja, das stimmt. Aber künftig ist der Glaube selbst verboten. Sollte eines dieser Subjekte nicht geständig sein, dann hat dein Onkel die ‚Feuerkammer' ins Leben gerufen. Damit werden wir die Wahrheit erfahren."

Mary lief es kalt den Rücken hinunter. Feuerkammer? Was war diesem Charles denn da eingefallen?

Aber Catharina hatte sich warm geredet, Mary musste nicht einmal nachfragen.

„In der Feuerkammer gibt es keine Geheimnisse mehr. Das ist die französische Inquisition. Wir bringen jeden zum Reden, auch wenn er verstockt ist und schweigen will! Diese Ketzer haben keine Chance."

Mary verstand Catharinas Hass nicht so recht.

„Was stört Euch denn an den Neugläubigen – außer ihre Ablehnung des Papstes? Ich meine, sie stellen doch das Königshaus nicht in Frage. Unsere Macht ist also nicht gefährdet."

Catharinas Augen blitzten vor Zorn. „So kann doch nur ein kleines Mädchen daherreden! Hauptsache, niemand rüttelt an deinem Thron – dann ist alles erlaubt. Hast du schon einmal darüber nachgedacht, was in Schottland geschehen ist? Da sind die Neugläubigen in der Mehrheit und die katholische Messe darf nicht mehr abgehalten werden! Das ist eine Verfolgung des rechten Glaubens! Man muss den Anfängen wehren! Und was heißt hier, sie haben nichts gegen den König: Sie weigern sich, einen Eid auf ihn abzulegen."

Mary zuckte zurück. Sie wollte François' Mutter nicht noch mehr reizen. Aber die Einigkeit von Catharina und Charles bei der Verfolgung der Neugläubigen machte ihr Angst. Dennoch konnte sie sich nicht beherrschen. Eine Sache musste sie einfach noch wissen: „Und warum habt Ihr nach Henris Unfall dann doch nach dem neugläubigen Bader geschickt?"

Catharina antwortete so schnell, dass Mary kaum ihren Satz beenden konnte.

„Das war ein Fehler, für den ich im Fegefeuer zahlen werde. Ich ließ mich verleiten von den Versprechungen der anderen Ärzte, die mir geraten haben, nach diesem Paré zu schicken. Und was hat er bewirkt? Nichts. Der König starb genauso schnell, wie es sein Schöpfer für richtig hielt. Es war eine falsche Entscheidung."

Mary nickte. Sie wollte diese Diskussion beenden und blickte aus dem Fenster der Kutsche. Draußen trottete Agnes neben dem Stallknecht her. Sie verstand sicher die Welt nicht mehr. Wie sollte das treue Pferd begreifen, warum es plötzlich nicht mehr geritten wurde?

Mary strich mit der Hand über ihren „Bauch", dem sie inzwischen mit einem Kissen zu ein bisschen mehr Umfang verholfen hatte. Ihr Plan war aufgegangen. Ihr Onkel hatte aufgehört, François zu bedrängen. Trotzdem ahnte sie, dass sie dieses Spiel nicht mehr endlos durchhalten konnte.

Der Hof erreichte das Schloss noch am gleichen Tag. Die Diener hatten wie immer den Hausrat schon in den Tagen zuvor aufgebaut, aus der Küche duftete es bereits verführerisch nach frischem Brot. Mary bekam Hunger, kaum dass sie der stickigen Kutsche entkommen war. Trotzdem besuchte sie erst noch Agnes in ihrem neuen Stall. Bildete sie sich das ein oder sah ihr die Stute empört entgegen? Mary brachte ihr einen Apfel und machte sich dann auf den Weg in ihre Gemächer. Ob sie es wagen könnte, mit ihrer alten Verkleidung einen kleinen Ausflug zu machen?

Am nächsten Morgen schlich noch vor Anbruch der Dämmerung eine schlanke, hoch gewachsene Figur in den Stall. Mary. Sie huschte in Agnes' Unterstand und legte ihr mit fliegenden Händen das Zaumzeug und den Sattel an. Die Stalltür schwang leise quietschend auf, und noch bevor die Stute ganz aus dem Stall war, schwang sich Mary auf ihren Rücken und drückte ihr die Fersen in die Seiten. Innerhalb von Sekunden verschwand sie im nahen Wald.

Mary hatte nicht gemerkt, dass ein Stallbursche sie aus einem dunklen Winkel des Stalls beobachtet hatte. Er wartete nicht lange, nachdem Mary den Stall verlassen hatte. Er rannte zum Hauptgebäude, jagte die Treppen hoch und hielt keuchend vor einer schweren Eichentür. Sie öffnete sich einen Spalt breit und eine Stimme fragte: „Was führt dich um diese Stunde zu mir?"

„Ich habe eine Nachricht für Euch!", keuchte der Bursche. „Sie ist wichtig!"

„Das hoffe ich für dich! Denn wenn du mich wegen einer

Nebensächlichkeit aus dem Bett geworfen hast, dann gnade dir Gott!"

Der Stallbursche schlüpfte durch die Tür. Er war sich sicher, dass er eine wichtige Nachricht hatte. Ein Blick auf die verkleidete Königin mit einer schmalen Taille hatte ihm gereicht.

Mary galoppierte währenddessen durch den Wald und konnte ihr Glück nicht fassen. Endlich wieder Freiheit. Sie duckte sich in die Mähne der schwarzen Stute. Sie würde noch vor dem Frühstück wieder zu Hause sein, beruhigte sie sich selbst. Und wenn jemand sie hier erkannte, tat das auch nichts zur Sache. So schnell würde keiner erfahren, dass ihr Körper so knabenhaft schlank war wie eh und je.

Erst als sie in einen schmalen Waldweg einbog, erinnerte sie sich an ihren letzten Ausritt in dieser Gegend. Sie zögerte kurz, dann ließ sie Agnes in einen flotten Trab fallen. Schon nach wenigen Minuten bog ein Trampelpfad ab, der direkt in den dichten Wald führte. Mary folgte ihm und beugte sich tief über Agnes' Hals, bis sie eine kleine Lichtung erreichte. Sie richtete sich auf und beglückwünschte sich selbst zu ihrem ausgezeichneten Orientierungssinn. Vor einem kleinen Häuschen hielt sie an, sprang von Agnes' Rücken und klopfte.

„Wer ist da?", fragte eine heisere Stimme.

„Ich bin es, Mary!", rief Mary fröhlich.

Die Tür flog auf und Mary und Anne standen sich gegenüber. Anne konnte es nicht fassen – mit einem Besuch aus dem Schloss hatte sie nun wirklich nicht gerechnet. Dann besann sie sich aber auf ihre gute Erziehung und bot Mary wenigstens einen Becher Wasser an.

Mary fragte nach ihrem Vater, dem Sattler. Anne versicherte, dass es ihm gut gehe – er war nur gerade unterwegs um gutes Leder zu kaufen. Mary wurde bei dieser Nachricht ernst. Sie erinnerte sich daran, was beim letzten Lederkauf passiert war, und sah dem jüngeren Mädchen besorgt in die Augen.

„Dein Vater soll sich in Acht nehmen. Es wird in der Zukunft noch härter gegen die Neugläubigen vorgegangen. Mein Onkel und die Königswitwe kennen keine Gnade. Sagt das auch dem Bader. Er soll sich nicht selbst in Gefahr bringen. Ich kann ihm nicht immer helfen."

Anne war überrascht. „Aber Ihr seid doch Königin?"

Mary lächelte traurig. „Ja. Eine Königin mit vielen Beratern und noch mehr Neidern. Und natürlich auch mit einem Onkel, der sich ganz genau um die Politik kümmert. Der Kardinal hat tatsächlich die Folter in Frankreich eingeführt. Und glaube mir, ich kann nichts dagegen unternehmen!"

Anne riss die Augen auf. Sie versuchte Mary die Sichtweise der einfachen Leute deutlich zu machen.

„Unter den Anhängern des neuen Glaubens wird Eure Familie als schuldig betrachtet. Schuldig an der Härte gegenüber denjenigen, die den neuen Glauben ausüben. Sie bezeichnen Euren Onkel, den Kardinal, sogar als Teufel. Hoheit, Ihr müsst vorsichtig sein. Es gibt Fanatiker unter den Neugläubigen, die der Meinung sind, dass die Guisen die Einzigen sind, die sie vom Paradies trennen."

Mary stand auf und strich ihr schlichtes Kleid glatt.

„Hab Dank für deine Warnung. Ich muss leider schon wieder gehen, ich werde sonst bei Hof vermisst. Aber ich habe plötzlich den Weg wieder erkannt und dachte, es wäre eine gute Idee, dich zu besuchen und zu warnen. Ich bitte euch: Seid vorsichtig!"

Mit diesen Worten ging sie aus dem Haus, duckte sich unter dem niedrigen, rußgeschwärzten Türstock und nahm Agnes' Zügel auf. Sekunden später verschwand sie im Wald.

Anne sah ihr nachdenklich hinterher.

Schon eine knappe Stunde später brachte Mary Agnes wieder in den Stall und lief in der Dämmerung in ihre Gemächer.

François wartete besorgt auf sie.

„Und – hat dich jemand gesehen?"

„Wie denn? Agnes ist zu schnell, als dass irgendjemand etwas erkennen könnte!", rief sie und umarmte ihn, bevor sie sich hungrig dem Frühstück zuwandte. Dann suchte sie nach ihren weiten Gewändern und aus dem schlanken, großen Stallburschen wurde wieder die blasse, rundliche Königin. Sie bemerkte nicht, dass ihr Onkel beim Morgengebet spöttisch lächelnd zu ihr hinübersah.

17

Bayadère war großartig!" François' Augen leuchteten, als er von der letzten Jagd erzählte. An seinen ledernen Stiefeln konnte Mary noch die Schlammspritzer sehen und in François' Haaren hingen kleine Zweige und Nadeln vom wilden Galopp durch das Unterholz. Wieder einmal hatte der gesamte Hof seinen Spaß bei der Jagd gehabt, während sie zu Hause am Feuer gesessen hatte, um den nicht vorhandenen Thronerben zu schonen. Sie verfluchte sich inzwischen selbst für diese törichte Idee. Wie hatte sie sich das genau vorgestellt? Dass sie eines Tages aus ihren Gemächern trat und verkündete, dass dem Königreich ein Erbe geboren sei – ein reich besticktes Kissen?

Mary seufzte und sah aus dem Fenster. Heute war sicher der letzte schöne Tag des Herbstes. Ein bitterkalter Wind blies die letzten Blätter von den Bäumen und der blassblaue Himmel wurde schon dunkel. Es war später November, in wenigen Tagen war ihr siebzehnter Geburtstag.

„Freust du dich nicht für mich?" François bemerkte, dass Mary heute nicht auf seine Begeisterung reagierte. Sie wandte sich ihm müde zu.

„Sicher. Es ist nur … Ich denke wieder einmal nur an mich. Ich habe keine Lust mehr, hier am Hof eingesperrt zu sitzen und mit den Damen über die neueste Mode zu plaudern." Sie nahm François in den Arm.

„Ich beneide dich um deine Freiheit. Ich wünschte mir, ich könnte genauso wie du bei den Jagden mitmachen."

François schob sie auf Armeslänge weg und sah ihr in die Augen. Er kaute auf seiner Unterlippe und schien etwas zu überlegen. Es vergingen einige Momente, bevor er anfing zu sprechen.

„Mary, du musst das nicht machen. Die Verkleidung kann nicht ewig halten – nicht einmal die Königin von Frankreich ist länger als neun Monate schwanger. Vielleicht wird es Zeit, dass du durch einen tragischen Zwischenfall dein Kissen wieder verlierst. Niemand wird nachfragen. Und wenn wir Glück haben, dann hält dein Onkel noch für ein paar Monate still." Er sah Mary ernst an. „Deine Agnes vermisst dich. Und deine heimlichen Ausritte am Morgen werden irgendwann auffliegen."

Mary stimmte ihm zu. „Ich warte noch bis zu meinem Geburtstag Anfang Dezember. Dann bringe ich ein gesundes Kissen zur Welt und wir können wieder zusammen auf die Jagd gehen! Wenn du mir bis dahin noch einen Eber übrig gelassen hast, der die Hatz lohnt!"

Die beiden lachten noch, während François sich für den Jagdball am Abend umzog. Mary beobachtete ihn verstohlen. Er war unvorstellbar mager. Jede Rippe zeichnete sich unter der bleichen Haut ab, seine Schulterblätter stachen wie spitze Flügel aus seinem Rücken hervor. Selbst seine Beine waren unnatürlich mager. Ihn konnte ein Windhauch umbringen. Es war einfach ein Wunder, dass er die langen Jagden durchstand. Mary drehte nachdenklich an ihrem Siegelring, auf dem ihre Initialen ineinander verschlungen abgebildet waren. Sie konnte und wollte sich kein Leben ohne François vorstellen.

Wenig später traten sie gemeinsam als Königspaar in den Ballsaal. Alle Augen wandten sich den jungen Leuten zu, die sich so offensichtlich gut verstanden. Es entging aber auch nur wenigen, dass François den Ball nicht sehr lange besuchte. Nach einigen Tänzen ließ er sich entschuldigen. Die Jagden strengten ihn an, er zog sich früh in seine Gemächer zurück um zu schlafen.

Es war kurz vor Weihnachten, als Mary von einem auf den anderen Tag wieder in ihren alten Kleidern erschien. Zumindest der Kardinal war über diese Entwicklung nicht überrascht. Catharina versuchte ihre Schwiegertochter auszuhorchen, aber in diesem Fall konnte sie nichts erfahren. Mary murmelte nur etwas von den „unergründlichen Ratschlüssen des Herrn“ und ließ es dabei bewenden. Nur wenige Tage später nahm sie an der ersten Jagd teil. „Ich muss jetzt schließlich auf andere Gedanken kommen“, erklärte sie allen, die um ihre Gesundheit besorgt waren – und schwang sich mit gespielter Leidensmiene auf Black Agnes. Innerlich jubelte sie. Endlich durfte sie wieder etwas Spaß haben.

Die Finger fest um die Lederzügel geschlungen, jagte sie den Hunden und dem Eber hinterher. Ihre gute Laune übertrug sich auf die Stute, die in einem fort an den Zügeln zerrte und den Kopf schüttelte, weil sie noch schneller galoppieren wollte. Mary bemühte sich nur halbherzig, Agnes ein wenig zu zügeln. Bäche, Baumstämme, Mauern – Hindernisse schienen für Agnes nicht zu existieren, so schnell flog sie über alles hinweg. Schließlich wurde der Eber gestellt und natürlich war es die Aufgabe von François, das wütende Tier mit einer Lanze zu erlegen.

Sie kamen erst am späten Nachmittag wieder zum Schloss, die

erhitzten Pferde dampften in der Dämmerung und bei jedem Atemstoß blieb eine Wolke über den Nüstern hängen.

Mary klopfte ihre Stute begeistert und warf erst dann einen Blick auf François. Sein Gesicht leuchtete weiß in der Dämmerung. Sie bemerkte eine Falte auf seiner Stirn, die nur auftauchte, wenn er Schmerzen hatte. Sie sprang aus dem Sattel und lief schnell zu ihm hin.

„Was fehlt dir?"

François schüttelte matt den Kopf. „Nichts. Ich habe nur so scheußliche Ohrenschmerzen. Sie werden sicher bald wieder verschwinden, das tun sie immer. Aber du wirst heute Abend leider allein auf den Jagdball gehen müssen. Ich werde versuchen die Schmerzen mit ein wenig Wärme zu besiegen."

Er versuchte ihr beruhigend zuzulächeln, aber ihm gelang nur eine Grimasse.

Mary drückte seine Hand, bevor sie zu der Jagdgesellschaft zurückkehrte und dem Jagdmeister und den Mitreitern dankte. An diesem Abend konnte sie nicht so unbeschwert feiern wie sonst. Sie fürchtete nicht um ihre Macht, das überließ sie ihrem Onkel. Aber sie machte sich immer mehr Sorgen um François. Immer wieder tat ihm etwas weh, er kannte kein Leben ohne Schmerzen und Krankheit. Das war etwas, was sie sich kaum vorstellen konnte.

Der Winter war noch nicht vorüber, als der Hofstaat in großer Hast in das Schloss von Amboise umzog. Angeblich sollten in den Wäldern dort im Frühjahr spannende Jagden für den König stattfinden. Aber Mary konnte sich des Verdachts nicht erwehren, dass Catharina und ihr Onkel absichtlich dafür sorgten, dass François sich möglichst viel mit der Jagd beschäftigte, damit er nicht auf die Idee kam zu regieren.

Der plötzliche Aufbruch nach Amboise stimmte sie misstrauisch. Warum sollten sie plötzlich über Nacht das Schloss wechseln? Der Frühling war schließlich noch weit. Doch auf ihre Fragen bekam sie weder von Catharina noch von dem Kardinal eine Antwort.

Längst hatte es sich eingebürgert, dass der Kardinal sich um alle innenpolitischen Belange des Königreiches kümmerte. Er beriet sich nicht einmal mehr mit dem Königspaar, er ging einfach über sie hinweg. Mary regte sich darüber immer wieder auf, aber François schien ganz zufrieden mit dieser Regelung zu sein, die ihn jeder Verantwortung enthob. Außerdem wurde er nicht kräftiger, sondern schien immer mehr an Gewicht zu verlieren – wenn das überhaupt noch möglich war. Er schlief viel und schonte seine verbliebenen Kräfte nur für die geliebten Jagden.

18

Sie waren erst wenige Tage in Amboise, als sie unangemeldeten Besuch in ihren Gemächern erhielten. Der Kardinal kam mit großen Schritten herein, sein Gesicht verriet seine Aufregung.

Mary sah von ihren Stickereien auf. „Was gibt es, Onkel? Schlechte Nachrichten?"

Der Kardinal sah sie aus übernächtigten Augen an. „Ja, aber mach dir keine Sorgen. Du und François, ihr seid in Sicherheit!"

Mary war mit einem Schlag hellwach. „In Sicherheit? Drohte uns denn Gefahr? Von wem? Sprecht!"

„Wir wissen seit einigen Wochen, dass ein Anschlag auf euch geplant ist. Die Neugläubigen hatten vor, euch zu ermorden und ihren Glauben zur Staatsreligion zu machen. Wir haben zum Glück rechtzeitig davon erfahren und sind den hinterhältigen Attentätern durch den schnellen Umzug hierher nach Amboise entkommen. Es war uns aber klar, dass sie ihr Verbrechen trotzdem verüben wollten. Wir haben zur Vorsicht in den Wäldern und an den Wegen Soldaten postiert. Sie haben gestern und heute reichlich Ketzer eingefangen, die sich zum Schloss schleichen wollten. Wir dürfen uns gar nicht ausmalen, was passiert wäre, wenn sie bis hierher durchgedrungen wären!"

Mary sah ihren Onkel aus schreckgeweiteten Augen an. „Und Ihr seid Euch sicher, dass sie François und mich umbringen wollten?"

Der Kardinal nickte. „Ja."

Mary war entsetzt. Sie hatte sich immer sicher hier im Schloss gefühlt, die Diskussion über die Neugläubigen schien ihr an manchen Tagen nur ein Hobby von Catharina zu sein. Aber wie konnte Charles sich so sicher sein?

„Woher wisst Ihr von den geplanten Anschlägen? Gab es einen Verräter in ihren Reihen?"

„Das nicht, aber wir haben die Ketzer der peinlichen Befragung unterzogen und sie haben ihre schrecklichen Pläne gestanden."

Mary wurde übel. Die peinliche Befragung? Hier in diesem Schloss? Sie wusste, dass nahezu jeder Mensch alles gestand, wenn man ihn der Folter aussetzte. Diese Aussagen hatten kaum Bedeutung. Sie fürchtete fast die Antwort auf ihre nächste Frage.

„Und was habt Ihr jetzt vor?"

Der Kardinal schob sein Kinn entschlossen vor. „Wir werden diese Schädlinge ausrotten. Unter unserem Absatz sollen sie wimmern und wir werden sie trotzdem zertreten. Ich bin mir mit Catharina einig, dass hier keine Milde angebracht ist. Wenn wir uns jetzt barmherzig zeigen, dann verliert die katholische Kirche Frankreich. Das können wir nicht zulassen. Noch dazu ist dein Leben bedroht – für die Zukunft soll jeder wissen, dass wir auch nur die Planung eines Attentats unnachgiebig bestrafen werden! Wir werden in den Wäldern Fallen für die Ketzer aufstellen, die sich nach Amboise schleichen wollen. Hinter jedem Baum ein Soldat, alle Verdächtigen werden eingekerkert. Und wer unter der peinlichen Befragung gesteht, der soll von den Zinnen des Schlosses hängen!"

Marys Magen krampfte sich zusammen. Was ihr Onkel da ankündigte, war unglaublich brutal. Den Häschern des Kardinals würden sicher viele unschuldige Menschen in die Hände fallen. Sie musste unbedingt noch mehr über die Sache erfahren.

„Könnt Ihr mir sagen, wie viele Attentäter an dem feigen Komplott beteiligt waren?"

Charles sah seine Nichte finster an. „Mindestens ein paar hundert! Ich sage dir, sie wollten den Glauben Frankreichs für immer ändern. Doch sie haben nicht mit unserer Entschlossenheit gerechnet. Aber ich bitte dich: Um deiner Sicherheit willen darfst du jetzt auf keinen Fall das Schloss verlassen. Ich lasse es dich wissen, wenn du wieder gefahrlos auf die Jagd gehen kannst!"

Mary nickte. Sie konnte nicht einschätzen, ob sie wirklich in Gefahr war – oder ob Charles und Catharina endlich den lange gesuchten Anlass gefunden hatten, um brutal gegen die Ketzer vorzugehen.

Plötzlich fielen ihr der Bader Paré, der Sattler und Anne ein. Was, wenn sie völlig ahnungslos die Wege um das Schloss herum bereisten? Auf einem Krankenbesuch oder auf der Suche nach dem besten Leder der Gegend? Die drei mussten unbedingt gewarnt werden! Wie und wann sollte sie das nur bewerkstelligen? Ihre Gedanken überschlugen sich fast, bis sie merkte, dass ihr Onkel sie immer noch aufmerksam ansah. Zum Glück konnte er nicht Gedanken lesen!

Mary lächelte dem Kardinal zu und hoffte, es sah demütig aus. „Mein Dank wird Euch für immer gewiss sein. Wenn es Euch nicht gäbe, lieber Onkel, dann müssten mein Gemahl und ich bestimmt um unser Leben fürchten. So bin ich sicher, dass es nie ernsthaft in Gefahr war. Lasst mich doch wissen, wie viele Ketzer noch in Eure Fallen gehen."

Mary hoffte inständig, dass sie sonst nichts mit den üblen Methoden ihres Onkels zu tun haben würde. Aber leider wurde diese Hoffnung von Charles sofort zerstört. Er schnaubte nur durch die Nase und erwiderte: „Sei unbesorgt, die Sicherheit deines Landes ist in meinen Händen gut aufgehoben. Ich werde den Ketzern zur Abschreckung ein Beispiel geben, damit sie es nie wieder wagen, ihre schmutzige Hand gegen dich zu erheben. Bei den Hinrichtungen sollten du und François anwesend sein. Ich lasse es euch wissen, wann ihr euch auf dem Balkon des Schlosses einfinden könnt. Und jetzt entschuldigt mich, ich muss nach Neuigkeiten von meinen Soldaten fragen."

Damit drehte sich der Kardinal schwungvoll auf dem Absatz um und stolzierte aus den königlichen Gemächern.

Mary sah ihm entsetzt hinterher. Sie sollte seiner Metzelei auch noch zusehen? Ihr wurde schon bei dem Gedanken daran schwindelig.

Sie musste unbedingt ihre Freunde vor den Soldaten des Kardinals warnen. Sie durften nicht aus Versehen in seine Fangnetze geraten! Ob ihr François wohl helfen würde?

Sie ging in das benachbarte Zimmer, in dem François noch tief und fest schlief. Mit einer leichten Berührung an der Schulter weckte sie ihn. Er fuhr hoch und sah sie kurz verwirrt an, bevor er sich zurechtfand. Dann lächelte er verschlafen.

„Verzeih mir, ich habe geträumt. Irgendetwas Wirres, ich erinnere mich nicht mehr richtig. Was ist passiert? Du siehst blass aus!"

Mary berichtete ihm in knappen Worten von den Ketzern und dem Kampf, den Catharina und der Kardinal gegen sie führten. Dann erzählte sie ihm von ihren Freunden im Wald. Das war bis zu diesem Morgen ihr Geheimnis gewesen, aber jetzt konnte sie es nicht mehr für sich behalten.

„Du erinnerst dich doch, als ich mir die Schulter gebrochen habe – damals, als du in Amiens warst? Ein Bader hat mich kuriert, Ambroise Paré. Er gehört dem neuen Glauben an, aber er würde sicher nie etwas gegen das Königshaus unternehmen. Sonst hätte er mir kaum geholfen … Stell dir vor, was passiert, wenn er jetzt den Soldaten in die Hände fällt! Er tut nur Gutes, hat schon oft für die Könige Frankreichs auf Feldzügen gedient. Und jetzt soll er bestraft werden, bloß weil er einem anderen Glauben angehört? Das kann nicht sein!"

François gab ihr Recht. „Aber es wird schwierig sein, ihn zu warnen. Dein Onkel erlaubt nicht, dass wir das Schloss verlassen. Du kannst dich natürlich verkleiden und wieder einmal einen deiner heimlichen Ausritte mit Agnes machen. Aber du darfst nicht vergessen, dass in den Wäldern auch echte Rebellen sind. Wenn sie dich erkennen, ist es um dich geschehen!"

Plötzlich kam Mary eine Idee. Wenn es für sie zu gefährlich war, in den Wald zu reiten – vielleicht musste dann einer der Bewohner des Weilers zu ihr kommen? Sie dachte angestrengt nach.

„Was wäre, wenn du nach dem Bader schickst? Es könnte ja sein, dass dein Ohr wieder stärker schmerzt – und du hast bisher nur Gutes von diesem Paré gehört. Soll der Hauptmann zu Paré reiten. Er wird ihn persönlich zu uns bringen, also droht ihm kein Unheil von den anderen Soldaten im Wald."

François schüttelte den Kopf. „Ausgeschlossen. Meine Mutter würde nie erlauben, dass mich dieser Ketzer behandelt. Sie hat es ihm sehr übel genommen, dass er meinen Vater nicht retten konnte. Er wird kaum noch einmal seinen Fuß in eines der Schlösser setzen."

„Dann bleibt mir nichts anderes übrig. Ich muss ihn einfach warnen. Agnes ist so schnell, mir wird schon nichts geschehen!"

François griff nach ihrer Hand. „Mary, das ist zu gefährlich! Wir könnten doch nach dem Sattler schicken. Du möchtest doch schon lange einen neuen Sattel haben, der damenhaft genug ist und dir trotzdem bei deinen wilden Jagden Sicherheit gibt."

Die beiden waren sich schnell einig, dass François' Idee die beste war. Wenig später ließen sie den Hauptmann rufen. Kaum hatte er ihr Gemach betreten, setzte François sein königlichstes Gesicht auf.

„Ich wünsche, dass dieser Sattler zu uns gebracht wird. Wir verlangen ihn noch heute zu sehen. Und er soll ein paar Proben seines Handwerks mitbringen. Beeilt Euch!"

Der Hauptmann verneigte sich tief und verschwand. Mary und François lächelten sich stolz zu. Und tatsächlich: Kurz bevor die Dämmerung über Amboise hereinbrach, tauchte der Hauptmann wieder bei ihnen auf. Er schubste den Sattler vor sich her, der sich alles andere als demütig verhielt. Er schimpfte und wehrte sich gegen die Behandlung des Hauptmanns.

„Wollt Ihr mir jetzt endlich verraten, warum ich Euch sofort folgen sollte? Was habt Ihr mir diesmal vorzuwerfen?"

Da entdeckte der Sattler Mary und François, die am Kaminfeuer auf ihn warteten. Seine Schimpftirade verstummte abrupt.

Er verneigte sich ungeschickt. „Eure Hoheiten! Was kann ich für Euch tun?"

Mary lächelte ihn an und entließ den Hauptmann mit einer eleganten Handbewegung.

„Tretet näher. Ich habe von Eurer Handwerkskunst gehört und würde gern mit Euch eine neue Art von Sattel besprechen."

Mary sprach extra laut und deutlich, damit auch der tumbe Hauptmann begriff, warum er den Sattler hatte holen müssen. Erst als er um die nächste Ecke verschwunden war, senkte Mary ihre Stimme. Verstohlen warf sie einen Blick über die Schulter. Sie musste unbedingt sichergehen, dass wirklich niemand dieses Gespräch belauschte. Wie immer befanden sich im Raum eine Hand voll Zofen, die sich mit irgendetwas beschäftigten. Womöglich war eine von ihnen eine Spionin für Catharina. Darum war es sicherer, das Gespräch an einen anderen Ort zu verlegen. Sie folgte einer plötzlichen Eingebung, erhob sich, griff nach ihrem warmen Schal und bedeutete dem Sattler aufzustehen.

„Kommt mit, lieber Mann. Ich möchte Euch direkt an meinem Pferd zeigen, was ich mir vorgestellt habe."

Der Sattler folgte ihr mit leicht verwirrtem Gesichtsausdruck, während Mary weiter lautstark darüber redete, dass es doch wohl möglich sein müsste, einen Sattel zu konstruieren, auf dem auch Frauen in eleganter Weise an einer Jagd teilnehmen könnten.

Der Sattler nickte hin und wieder, folgte ihr aber ansonsten schweigend bis in die Stallungen.

Agnes begrüßte Mary auch zu dieser ungewöhnlichen Zeit mit einem begeisterten Wiehern. Mary streichelte der Stute über die schwarze Nase und griff nach ihrem Jagdsattel, auf dem tatsächlich nur ein unsicherer seitlicher Sitz möglich war. Sie warf den Sattel mit einem geübten Schwung auf Agnes' Rücken, bis ihr plötzlich bewusst wurde, dass das wahrscheinlich eine schrecklich unkönigliche Handlung war. Sie griff nach dem Sattelgurt und winkte den Sattler näher zu sich heran. Jetzt standen sie eng beieinander, die große Stute stand zwischen ihnen und dem Rest der Stallungen. Ungestörter konnte man im Schloss kaum sein. Mary flüsterte so leise sie konnte: „Catharina und der Kardinal haben eine Verschwörung der Neugläubigen gegen die Krone aufgedeckt. Die Attentäter schleichen sich durch die Wälder, sie wollen François und mich umbringen."

Der Sattler wollte etwas erwidern, das Entsetzen stand ihm ins Gesicht geschrieben. Doch Mary bedeutete ihm zu schweigen und ihr zuzuhören. „Die Soldaten sind überall im Wald. Sie nehmen jeden Anhänger des neuen Glaubens fest, den sie finden können. Und auch sonst jeden, der unglücklich genug ist, ihnen in die Hände zu fallen."

Ein Stallbursche ging am Unterstand von Agnes vorbei und Mary hob ihre Stimme wieder.

„Seht Ihr dieses Horn am Sattel? Wenn das Pferd strauchelt oder stürzt, habe ich keine Chance – ich werde unter das Pferd kommen. Habt Ihr dazu einen Vorschlag?"

Der Stallbursche entfernte sich wieder und Mary redete leise weiter, während sie Agnes unablässig streichelte.

„Ihr müsst in den nächsten Tagen zu Hause bleiben, dann entkommt ihr hoffentlich dem Gemetzel meines Onkels. Ihr, der Bader, eure Tochter … riskiert nichts. Der Kardinal ist fest entschlossen jeden der Folter zu unterwerfen, den er in die Finger kriegt. Ich bitte Euch: Bleibt bei Eurem Herd!“

Der Sattler nickte, während Mary ihm weiter die Probleme des perfekten Jagdsattels erklärte. Er spielte das Spiel mit, fragte laut nach der gewünschten Farbe des Sattels und versprach schließlich, bis zum Frühling ein paar Vorschläge für seine Königin zu haben.

Sie verließen den Stall.

Der Sattler sah in den dunklen Nachthimmel. Es war fast Vollmond, dunkle Wolken flogen über den Sternenhimmel, es war eine kalte Nacht. Er verabschiedete sich schnell, wickelte sich in seinen wollenen Umhang und verschwand in der Dunkelheit.

Mary sah ihm nach. Sie hoffte inständig, dass es ihr wenigstens gelungen war, ein paar Leben vor der Verfolgung durch ihren Onkel zu retten. Ja, sie war Königin. Aber viel Macht hatte sie nicht. Nachdenklich ging sie zurück zu François, der schon auf ihren Bericht wartete.

19

Das Schloss von Amboise lag hoch über dem kleinen Ort am Ufer der Loire. An seinem Ost-Flügel hatte der Erbauer eine riesige Terrasse anlegen lassen, von der aus man sowohl den Ort als auch den Fluss überblicken konnte. Jetzt schien es fast, als sei das Schloss nur für den heutigen Tag und für die Pläne des Kardinals errichtet worden.

Mary war seit den frühen Morgenstunden schlecht, zum Frühstück hatte sie keinen Bissen heruntergebracht. Sie trug ein dunkelgraues Kleid ohne weiteren Schmuck, über dem Stoff wirkte ihr Gesicht noch blasser, als es ohnehin war. Sie nahm auf dem erhöhten Sitz auf der Terrasse Platz und sah zur Seite. François, ganz in Schwarz gewandet, bemühte sich um ein unbewegtes Gesicht, aber zwischen seinen Augenbrauen konnte sie eine steile Falte erkennen. Offensichtlich fürchtete auch er das grausame Schauspiel, das ihnen der Kardinal heute bieten wollte.

In den letzten Tagen war jede einzelne der Drohungen des Kardinals wahr geworden. Er hatte hunderte von Ketzern in den Wäldern gefangen. Einige von ihnen waren tatsächlich unterwegs zur Verschwörung gegen das Königshaus. Aber ebenso viele waren wohl einfach zum falschen Zeitpunkt am falschen Ort gewesen – und unter der brutalen Befragung der Schergen des Kardinals gaben alle ihre Verwicklung in das Attentat auf den König zu.

Der Kardinal und Catharina waren sich so einig wie nie zuvor.

Sie wollten den Neugläubigen ein für allemal ihren Glauben austreiben. Mit den einfachen Handwerkern und Gesellen machten sie kurzen Prozess. Wer verdächtiges Schriftgut bei sich hatte, in falscher Gesellschaft war oder an einen schlecht gelaunten Soldaten geriet, wurde sofort getötet. Schlimmer erging es denjenigen, in denen der Kardinal die Anführer der Rebellion gegen den König vermutete. Er folterte sie zunächst, um ihre geheimen Pläne herauszukriegen, und schon nach einigen Tagen war klar, dass sie auf dem Scheiterhaufen sterben sollten.

Mary und François hielten sich in ihren Gemächern versteckt. Sie konnten das Sterben auf den Straßen nicht verhindern, aber sie wollten auch nichts davon sehen. Noch nie hatten die beiden sich so machtlos gefühlt wie jetzt.

Gestern war der Kardinal in ihren Gemächern erschienen. Stolz hatte er das erfolgreiche Auslöschen der Rebellen verkündet – und sich dann noch erdreistet, sie nachdrücklich um ihre Anwesenheit bei den Hinrichtungen zu bitten. Beiden war klar, dass sie sich dem kaum widersetzen konnten – es war eher ein Befehl als eine Bitte.

Und so saßen sie jetzt hier auf dieser Terrasse, auf der sich Höflinge und Adelige drängten, um ja nichts von dem Spektakel zu verpassen.

Mary schluckte immer wieder leer. Sie konnte Gewalt nicht leiden und noch nie war ihr Gewalt so sinnlos erschienen wie heute. Sie blickte hinunter auf den Platz, auf dem mehrere Holzstöße für die Verurteilten bereit standen. Das Volk drängte sich vor der Kirche, auch die einfachen Leute versuchten sich einen Platz zu sichern, von dem aus ihnen nichts entging. Mary entdeckte zu ihrem Entsetzen sogar ein paar Kinder, die mit großen Augen das Geschehen verfolgten. Sie konnte sich nicht vorstellen, warum Eltern glaubten, dass eine Hinrichtung das richtige Spektakel für Kinder sei.

Plötzlich wurde die Menge lauter. Durch eine Gasse kamen die schwankenden Karren mit den zum Tode verurteilten Ketzern: Gestalten in Leinenhemden, deren Hände auf dem Rücken gefesselt waren und die zu Boden blickten. Nur einer stand aufrecht und schien unter den Anwesenden ein bekanntes Gesicht zu suchen.

Mary hatte den Mann noch nie zuvor gesehen. Er hob schließlich seine Augen und schaute auf den Balkon des Schlosses. Sie wandte ihren Blick ab. Sie wollte ihm nicht in die Augen schauen müssen. Aber selbst wenn sie nicht hinsah – sie hörte das aufgeregte Gemurmel der Menge, roch das merkwürdige Gemisch von Weihrauch und gebratenen Würsten, die fliegende Händler bei diesem Spektakel anboten.

Die Herolde des Königs – ihre eigenen Herolde! – verkündeten nun noch einmal ausführlich den Grund für die Hinrichtungen.

Der Kardinal stand an Marys Seite. Die Juwelen an seinen Fingern glitzerten sogar an diesem tristen Märztag, er sah zufrieden auf das Geschehen zu seinen Füßen hinab.

So zufrieden wie ein Wolf, der einen Hirsch erlegt hatte, dachte Mary bitter.

Die Priester begannen für die Verurteilten zu beten. Mary wagte einen Blick nach unten, sah, wie die Verurteilten auf den Holzstößen gefesselt wurden. Ihr Magen rebellierte. So sollte kein Mensch sterben müssen … Ein Blick auf François genügte und ihr war klar, dass er ebenso litt wie sie. Er starrte geradeaus, seine Kiefer mahlten unablässig und auf seiner Oberlippe standen dicke Schweißperlen. Seine Hände waren ineinander verkrampft wie zu einem Gebet.

Mary berührte ihn leicht am Arm. „François?“

Er erschrak kurz und sah dann zu ihr herüber. Sie redete weiter, während die Menge anfing zu johlen, als der erste Holzstoß entzündet wurde.

„Wer kann uns zwingen das hier mit anzusehen? Sind wir nicht König und Königin? François, tu was!“

Es war das erste Mal, dass sie von ihrem Mann verlangte, er möge sie beschützen. Sie wollte das nicht sehen, nicht hören und auch nicht riechen müssen. Sie wollte am liebsten ganz weit weg sein.

François schaute ängstlich zu seiner Mutter, die majestätisch an seiner Seite stand und die Qualen ihres Sohnes überhaupt nicht zu bemerken schien. Dann sah er zu dem Kardinal, der ebenso bewegungslos an Marys Seite stand. Kurz zögerte François noch, dann stand er einfach auf und griff nach Marys Hand. Fast zeitgleich wurde unten bei der Hinrichtung der erste Holzstoß unter einem der Ketzer entzündet. Ein markerschütternder Schrei drang zu ihnen auf die Terrasse.

François steuerte hastig gemeinsam mit Mary auf die großen Flügeltüren zu, die ins Innere des Schlosses führten.

Da trat der Kardinal den beiden in den Weg.

François straffte die Schultern und richtete sich auf – auch wenn er immer noch einen Kopf kleiner als der hoch gewachsene Kardinal war.

„Die Königin und ich wünschen hineinzugehen!“, sagte er

mit fester Stimme. Er sah dabei dem Kardinal standhaft in die Augen.

Mary hielt die Luft an – François benahm sich das erste Mal in seinem Leben wie ein richtiger König. Für sie. Noch bevor sie darüber nachdenken konnte, schwoll das Geschrei der Menge auf dem Platz unter der Terrasse an. Offenbar brannten jetzt alle Ketzer.

Der Kardinal wich zögernd zur Seite. Er wagte es offenbar nicht, vor dem versammelten Hofstaat dem König die Stirn zu bieten.

An François' Hand verließ Mary schnell die Terrasse. Sie waren kaum durch die Flügeltüren geschritten, als Mary merkte, wie ihre Beine einknickten. Einen ganzen Tag ohne Essen, dazu das Gejohle und die Kälte – ihr Körper gab einfach nach und ihr wurde schwarz vor Augen.

Erst Stunden später erwachte sie wieder. Ein Blick zum Fenster zeigte ihr, dass es im Tal der Loire bereits dämmerte.

François saß an ihrem Bett, hielt ihre Hand und betrachtete sie sorgenvoll.

„Ist es vorbei?", fragte Mary mit leiser Stimme.

François nickte. „Ja. Die Seelen dieser armen Gestalten sind jetzt beim Teufel. Oder bei ihrem Gott. Sie wissen jetzt zumindest, ob auf ihre Taten und ihren Glauben tatsächlich das Fegefeuer steht."

„Ich glaube, das Fegefeuer ist reserviert für diejenigen, die anderen Menschen so etwas antun", erwiderte Mary. Sie stützte sich auf ihren Ellbogen und sah sich im Zimmer um. „Jetzt muss ich auf jeden Fall etwas essen. Sonst kippe ich gleich wieder um."

„Ich kümmere mich darum", versprach François und verschwand.

Er war noch keine Minute aus ihrem Zimmer, als der Kardinal durch die Tür trat.

Mary schloss die Augen. Sie wollte jetzt wirklich nicht mit ihrem Onkel sprechen.

Charles nahm keine Rücksicht auf sie, auch wenn sie gerade erst aus ihrer Ohnmacht erwacht war.

„Was wolltest du dem Volk durch deine Flucht zeigen? Dass du irgendwie doch auf der Seite der Rebellen stehst? Dass du dich schuldig fühlst? Durch deine unbedachte Handlung sind all die Toten in den Tagen vorher sinnlos geworden. Wir wollten demonstrieren, dass wir diese Ketzer unnachgiebig verfolgen, und das Königspaar zeigt Schwäche. Die nächste Attacke, die nächste Rebellion ist vorprogrammiert, Mary!"

Sie schlug die Augen wieder auf. Sie hatte es wirklich nicht nötig, sich von ihrem eigenen Onkel beleidigen zu lassen! Empört stemmte sie sich in ihrem Bett hoch.

„Lieber Onkel, ich finde es widerwärtig, was Ihr gemacht habt. Ich verstehe Eure politischen Ziele sehr wohl, aber ich muss sie nicht auch noch gutheißen. Ich weiß, Ihr wollt nur meine Macht in Frankreich sichern. Um es genau zu sagen: Eure eigene Macht! Und tut mir einen Gefallen: Sprecht mich endlich nicht mehr als Eure Nichte, sondern als Eure Königin an."

Der Kardinal war für einen Augenblick verblüfft. So einen Ausbruch hatte er offensichtlich nicht erwartet. Seine Überraschung dauerte allerdings nicht lange. Er sammelte sich und blickte Mary ernst an.

„Hoheit, Ihr scheint Euch nicht gut genug um Euer zweites Königreich zu kümmern." Während er weiterredete, sprach er sie aber endlich ihrem Rang gemäß an, stellte Mary mit Genugtuung fest.

„Da geht es nicht um meine Macht, sondern um Eure", sagte der Kardinal gerade. „In Schottland ist der Kampf zwischen den Neugläubigen und den Katholiken voll entbrannt. Ausgerechnet Euer Halbbruder James steht an der Spitze der Rebellen. Der Kampf ist schon fast verloren, bald wird es in Schottland verboten sein, eine katholische Messe zu lesen. Eure Mutter kämpft einen verlorenen Kampf für den rechten Glauben. Was, wenn es hier in Frankreich genauso wird? Wenn die katholischen Priester umgebracht und die Kirchen entweiht werden? Die Neugläubigen sind in ihrem Fanatismus keinen Deut besser als die Katholiken, die die Scheiterhaufen entzünden. Friede wird es erst wieder geben, wenn sich die katholische Kirche durchgesetzt hat. Was hier geschehen ist, wird auch in Schottland zur Kenntnis genommen. Scheiterhaufen leuchten weit, sie werden allen Ketzern eine Warnung sein. Und bloß, weil Euer weiches Herz diesen Anblick nicht erträgt, kann ich Euch die Scheiterhaufen nicht ersparen. Wenigstens seid Ihr jetzt wieder sicher in den Wäldern um Amboise."

Mary sah Charles kühl an. „Ich glaube, dass Hass nur immer mehr Hass erzeugt. Eine harte Haltung sorgt nur für verfestigte Fronten. Wie soll so jemals Frieden herrschen?"

Der Kardinal schüttelte den Kopf. „Ihr werdet noch viel lernen müssen, bis Ihr begreift, was eine Königin wirklich ausmacht. Einer echten Königin darf der Glaube ihrer Landsleute nicht egal sein."

Mit diesen Worten drehte er sich um und verließ Marys Gemächer. Kurz darauf kam François wieder, gefolgt von mehreren Dienern, die auf vier Tabletts ein gewaltiges Abendessen anschleppten.

20

Gedankenverloren streichelte Mary Agnes' schweißnassen Hals. Hier von der Anhöhe aus konnte sie weit über das Tal der Loire blicken. Nach einem heißen Sommer hatte über Nacht der Herbst Einzug gehalten. Flammend rote und gelbe Blätter färbten die Wälder bunt, Spinnweben hingen glitzernd in den Bäumen. Sie sah sich um. Noch einige hundert Meter entfernt kämpften sich eine Hand voll Reiter den Hügel hinauf, allen voran François mit seinem Bayadère.

„Na, altes Mädchen, waren wir wieder mal die Schnellsten?", sagte sie zu ihrem Pferd. Ein Lächeln spielte um ihre Lippen, dann wurde sie wieder ernst. So weit sie sich zurückerinnern konnte, hatte sie sich um die Gesundheit von François gesorgt. Aber seit dem schrecklichen Märztag in Amboise schien er keine Kraft mehr zu haben. Offensichtlich war er noch empfindsamer, als sie angenommen hatte. Der kleine Aufstand gegen seine Mutter und den Kardinal hatte ihn nicht stärker gemacht, sondern anscheinend seine letzten Reserven aufgebraucht. François' heiseres Husten und der rasselnde Atem raubten ihr nachts oft den Schlaf. Nicht einmal in der heißen und trockenen Luft des Sommers hatte sich seine Lunge erholt. Jetzt wurden die Nächte kühl und feucht und François bekam nur noch mühsam Luft.

Dennoch wollte er bei jedem Ausritt dabei sein – auch wenn es ihm oft richtig Mühe bereitete, sich auf dem Pferd zu halten. Zum Glück war Bayadère mehr als gutmütig und dachte nicht im Traum daran, seinen Reiter abzusetzen oder widersetzlich zu sein.

„Ganz im Gegensatz zu dir, meine Schöne …“ Mary streichelte weiter ihr Pferd, dessen Atem sich allmählich beruhigte. Eigentlich hatte sie diesen Ausritt ohne Begleitung geplant. Sie wollte allein mit sich und ihren Gedanken sein. Im unerträglich heißen Juni hatte sie aus Schottland die Nachricht erreicht, dass ihre Mutter gestorben war. Sicher, sie hatte ihre Mutter seit fast einem Jahrzehnt nicht mehr gesehen. Aber sie war sich immer sicher gewesen, dass ihre Mutter ihren Thron für sie verteidigte. Und jetzt? Französische Gesandte verkauften ihre Heimat für einen zweifelhaften Frieden. Und ganz nebenher setzten die Neugläubigen ihr Glaubensbekenntnis in Schottland durch. Das Lesen der katholischen Messe war in Schottland jetzt verboten, ganz so, wie es der Kardinal an jenem unglückseligen Tag im März prophezeit hatte.

Mary seufzte. Sie hatte ihre Heimat verloren und François seine ohnehin schwache Gesundheit – wohin sollte das alles führen? Endlich kam Bayadère bei ihr an. François' Gesicht war hochrot, dem Schimmel flockte der Schweiß vom Nacken.

„Wie kann man an einem Tag wie heute nur freiwillig die Schlossmauern verlassen?“, stöhnte er.

Mary sah ihn ernst an. „Es ist ein wunderbarer Herbsttag. Und du wolltest unbedingt mitkommen. Ich wäre auch allein ausgeritten. Agnes braucht einfach ihre Bewegung. Und ich kann besser nachdenken, wenn ich unterwegs bin.“

François betrachtete die Stute bewundernd. „Ich wünschte, ich könnte sie einmal reiten. So schwierig kann das doch nicht sein.“

Mary hatte Mitleid mit ihm. Seit Wochen schmerzte sein Ohr, kein Wunder, dass er oft recht übellaunig war. Sie konnte sich nicht vorstellen, wie es war, ständig Schmerzen aushalten zu müssen. François' einzige Freude waren die Jagden und die Reiterei. Agnes wirkte heute ziemlich friedlich. Ob sie es einfach riskieren sollte, François auf ihren Rücken zu lassen? Vielleicht besserte sich dann ja seine Laune. Plötzlich fiel ihr ein, dass sie heute auf einem Damensattel saß – den konnte sie François wohl kaum anbieten. Aber vielleicht sollten sie es bei der nächsten Jagd versuchen?

„Dann probier sie doch einfach mal aus. Übermorgen ist die große Jagd hier in den Wäldern. Lass uns die Pferde tauschen. Ich reite deinen Bayadère, du nimmst Agnes. Wer weiß – vielleicht kommst du ja gut mit ihr zurecht?"

François strahlte. „Das würdest du tun? Ich würde dich sicher abhängen, Bayadère ist nicht so schnell. Aber ich wäre überglücklich, es wenigstens einmal zu probieren!"

In den nächsten beiden Tagen hatte Mary ausgiebig Gelegenheit, ihr vorschnelles Angebot zu bereuen. François redete nur noch von der bevorstehenden Jagd auf Agnes. Sie hatte nicht geahnt, wie oft er sich schon gewünscht hatte, auf der gewaltigen Rappstute zu reiten.

Am Morgen der Hatz schlich sie sich in den Stall. Black Agnes wandte ihr den Kopf mit den großen dunklen Augen zu. Mary rieb die Stelle hinter den Ohren, an der Agnes das besonders gern mochte. Leise flüsterte sie: „Kannst du dich heute einfach gut benehmen? Er wird dir nichts Böses tun, du musst ihn nur sicher über die ganze Jagdstrecke tragen."

Die Stute schnaubte leise und drückte ihre Nase in Marys Seite. Die streichelte sie weiter hinter den Ohren. Verstand Agnes, worum es hier ging?

Draußen wurde es allmählich hell. Mary konnte die Burschen hören, die in den Stall kamen, um die Pferde für die königliche Jagd fertig zu machen. Sie huschte aus Agnes' Unterstand und verschwand durch einen Nebeneingang aus dem Stall.

Nur knappe zwei Stunden später fand sich die königliche Jagdgesellschaft zur Zusammenkunft ein. Die Hörner verkündeten den Auftakt zur Jagd, die Hunde kläfften in der kühlen Morgenluft.

Mary trug ein moosgrünes Kleid mit goldenen Stickereien und einem dottergelben Mieder. Der Stallbursche brachte ihr Bayadère. Er war mit dem neuen Jagdsattel gesattelt worden, den der Sattler ihr im Frühjahr tatsächlich hatte bringen lassen. Er war leichter als das Vorgängermodell und das Horn nicht mehr so beengend. So bot der Sattel zwar weniger Halt als der alte, bei Stürzen war sie aber auch nicht mehr unlösbar mit dem Pferd verbunden. Mary seufzte. Bayadère hatte in seinem Leben noch nie einen Damensattel getragen, hoffentlich kam der brave Hengst damit heute zurecht.

Mary sah zu François hinüber, der sich gerade von seinen Stallknechten auf Black Agnes helfen ließ. Das war die große Bewährungsprobe – die Stute hatte bisher nur Mary auf ihrem Rücken geduldet. Aber heute schien sie wie verwandelt zu sein. Sie senkte den Kopf und hielt brav still.

Mary atmete erleichtert aus. Der erste Test war gut verlaufen.

Als die Jagdhörner schließlich zum Aufbruch riefen, warf Agnes begeistert den Kopf hoch und setzte sich in Bewegung. Mary hatte von Anfang an Probleme, an François' Seite zu bleiben.

Bayadère bemühte sich zwar nach besten Kräften, aber die Stute machte einen Galoppsprung, wenn Bayadère zwei machte. François strahlte, während er dahinjagte. Mary freute sich für ihn. So glücklich hatte sie ihren Mann schon lange nicht mehr gesehen. Wenigstens für die Dauer einer Jagd konnte er seine Schmerzen vergessen. Sie ärgerte sich über sich selbst: Warum hatte sie ihm Agnes nicht früher angeboten?

Während die Gesellschaft durch den Wald galoppierte, bewölkte sich der anfangs strahlend blaue Himmel allmählich. Beim flotten Trab über eine Lichtung warf Mary einen kritischen Blick nach oben. Der Himmel verdunkelte sich von Minute zu Minute, ein kräftiger Wind kam auf und fuhr in Böen durch die Bäume. Mary begann zu frösteln. Kein Wunder, das grüne Samtkleid war nach dem sonnigen Vormittag auf dem Pferdrücken durchgeschwitzt und der feuchte Stoff klebte ihr klamm am Körper.

Nur wenige Minuten später wurde es finster. Heftige Sturmböen peitschten durch den Wald und rissen die letzten bunten Blätter von den Bäumen. Mary lenkte Bayadère an François' Seite.

„Sollen wir die Jagd nicht abblasen lassen? Es kommt ein Unwetter auf, das wird ungemütlich …"

François sah sie aus seinem erhitzten Gesicht mit blitzenden Augen an.

„Was denkst du? Heute sitze ich auf dem schnellsten Pferd von Frankreich, diese Jagd will ich bis zum letzten Galoppsprung auskosten. Wer weiß – nachher gibst du mir deine Agnes nie wieder!"

Er hatte den Satz kaum beendet, als ein gleißender Blitz den

Himmel erhellte. Nur Sekunden später folgte ein ohrenbetäubender Donnerschlag. Agnes stieg bei dem Blitz senkrecht in die Höhe und schlug mit den Vorderbeinen nach einem unsichtbaren Feind. Als der Donner ertönte, schoss sie nach vorn und suchte ihr Heil in der Flucht. Die schwarze Stute jagte hinter der Hundemeute her, als würde sie von den Furien der Hölle verfolgt. François griff in die lange flatternde Mähne und klammerte sich verzweifelt an ihr fest. Mit dem Donner ging auch ein Wolkenbruch los. Alle Schleusen des Himmels schienen sich auf einmal zu öffnen. Mary ritt zwar direkt hinter François und Agnes, aber sie konnte kaum etwas erkennen. Der Regen peitschte ihr wie mit Nadelspitzen ins Gesicht und brannte in den Augen.

Die Hunde hatten in dem Gewitter einen kapitalen Hirsch aufgestöbert, den sie jetzt mit aufgeregtem Gejaule verfolgten. Sie ließen sich von dem Unwetter nicht stören. Mary schaute nach hinten. Die Hofgesellschaft folgte ihnen tapfer nach. Kein Wunder – wer mochte schon zurückstehen, wenn der König die Jagd nicht unterbrechen wollte?

Das Unwetter stellte sich als ein ausgewachsener Herbststurm heraus. Der Wind wurde zwar mit der Zeit schwächer und es blitzte nicht mehr so heftig, aber der Regen fiel so dicht wie zuvor und die Temperatur sank von Augenblick zu Augenblick. Mary fror erbärmlich auf Bayadère und sie durfte gar nicht daran denken, was diese wilde Jagd für François' Gesundheit bedeutete. Aber der war im Jagdfieber, feuerte seine schnelle Stute zu immer noch höherem Tempo an und konnte als Einziger mit der Hundemeute mithalten. Agnes setzte leichtfüßig über Baumstämme, bei denen der Rest der Jagdgesellschaft erst mühselig einen Weg außen herum finden musste. Ihr schien nicht einmal der rutschige Boden etwas auszumachen.

Der Regen fiel immer noch gleichmäßig schwer vom Himmel, als die Hunde Stunden später endlich den Hirsch stellten. Die Jagdgesellschaft erreichte den Bachlauf erst, als er schon erlegt war. François stand über dem Tier und reckte mit fiebrig glänzenden Augen ein blutiges Messer in den dunklen Himmel. Er drehte sich um und blickte Mary mit leuchtenden Augen an.

„Heute war keiner schneller als ich!", rief er begeistert.

Sie griff nach seinem mageren Oberarm, der sich durch den klammen Stoff fast wie ein nasser kalter Stock anfühlte. Sie nickte.

„Ja, heute hätte dich keiner schlagen können! Aber jetzt musst du wirklich schnell ins Warme kommen und endlich die nassen Kleider ausziehen!"

François schüttelte den Kopf. „Ach was, mich friert es kein bisschen. Wir müssen mit den anderen noch einen Umtrunk halten, bevor wir die Jagd offiziell beenden. Die Hornisten haben noch gar nicht das Halali geblasen. Mein Hirsch soll ordentlich gefeiert werden!"

Er war so glückselig über seinen Erfolg, dass er weder Kälte noch Müdigkeit spürte. Seine Lippen waren zwar blau und er zitterte, seine Haut war totenblass – aber seine Augen glänzten. Während der eiskalte Herbstwind durch seine nassen Haare fuhr, lauschte er begeistert den Bläsern, gab den Hundeführern Anweisungen, die Tiere gut zu versorgen, und stieß dann auch noch mit den anderen durchgefrorenen Jagdteilnehmern auf seinen Erfolg an. Als der Stallbursche ihm endlich Black Agnes abnehmen wollte, schüttelte er den Kopf.

„Ich bringe sie persönlich in den Stall. Noch nie hat mir eine Jagd so viel Spaß gemacht wie heute. Sie ist ein großartiges Pferd!“

Mary schaute ihm hinterher, als er durch den unaufhörlich fallenden Regen mit der Stute in den Stallgebäuden verschwand. Er war Zeit seines Lebens ein begeisterter Jäger gewesen, aber heute ging seine Hingabe an diesen Sport wirklich zu weit. Mary schimpfte sich selber, aber woher hätte sie ahnen können, dass er von Agnes' Geschwindigkeit und Kraft dermaßen in einen Rausch versetzt wurde?

Sie zupfte an Bayadères Zügel und brachte ihn ebenfalls in die Stallungen. Der Schimmel trottete brav neben ihr her und ließ die Ohren zur Seite hängen, während ihm schwere Tropfen über den Kopf liefen. Regen und Schweiß – das Pferd dampfte in der Kälte.

Im Stall gab sie den Knechten knappe Anweisungen: „Legt Agnes und Bayadère – und den anderen Pferden, die bei der Jagd dabei waren – Decken über. Kümmert euch darum, dass sie einen warmen Haferbrei erhalten. Ihr verlasst den Stall nicht eher, bis die Pferde wieder ruhig atmen und trocken sind. Und ich warne euch: Ich komme später noch einmal vorbei um das zu überprüfen!“

Damit nahm sie François am Arm und ging mit ihm zusammen zur Stalltür. Er wandte sich widerstrebend von Agnes' Unterstand ab und folgte ihr.

„Ich konnte mich auf ihr halten! Darf ich sie wieder einmal bei einer Jagd reiten?“, fragte er strahlend.

Mary nickte lächelnd. „Sicher. Aber für dieses Jahr ist die Jagdsaison vorüber. Ich glaube, der heutige Sturm hat den

Herbst beendet. Aber im Frühling warten die größten Eber und Hirsche auf dich – und dann kannst du wieder auf Agnes reiten." Sie machte eine kurze Pause und fuhr dann fort: „Und jetzt sollten wir umgehend nach trockenen Kleidern suchen. Es ist wirklich bitterkalt!"

Gemeinsam gingen sie über den Hof zu den königlichen Gemächern. Mary wies eine der jungen Kammerzofen an, sich um ein heißes Bad zu kümmern.

„Ich suche den Wasserträger", murmelte das Mädchen widerwillig.

Mary packte sie an der Schulter und funkelte sie zornig an. „Und wenn du ihn nicht findest, dann kümmerst du dich selber darum! Haben wir uns verstanden?!"

Die Zofe war erschrocken, sie hatte noch nie einen der gefürchteten Wutausbrüche von Mary erlebt. Sie nickte, stotterte eine Antwort und stob eilfertig davon.

In ihren Gemächern entkleideten sich Mary und François schnell und wickelten sich in Decken, bis das Bad endlich vorbereitet war. François' Jagdfieber verebbte allmählich und er spürte die Kälte und die Erschöpfung. Er fing an zu zittern und zog die Decke enger um seine Schultern.

Mary sah sich suchend um. Zum Glück war Flamina wie immer in der Nähe. Sie winkte sie heran und flüsterte ihr zu: „Lass einen heißen Würzwein für François zubereiten. Zur Stärkung soll die Köchin ihm ein Ei hineinrühren." Mary warf einen Blick zu François, der inzwischen einen regelrechten Schüttelfrost bekommen hatte. „Zwei Eier!"

Flamina sah besorgt auf den schlotternden König und verschwand. Nur wenige Minuten später kam sie mit dem Gebräu zurück. Mary setzte ihr sorglosestes Gesicht auf und drückte François den Becher in die Hand.

„Trink das! Es wird dir gleich viel besser gehen."

Gehorsam schlürfte er den starken Trunk in kleinen Schlucken. Kaum hatte er den Becher geleert, huschte die junge Zofe wieder in den Raum. „Das Bad ist bereitet!", wisperte sie. Sie hatte offensichtlich Angst, in Anwesenheit des Königs lauter zu sprechen. Flamina zog fragend die Augenbrauen in die Höhe. Mary zuckte nur mit den Schultern. Sie war es gewohnt, dass Menschen nach ihren Zornausbrüchen ein paar Tage lang Angst vor ihr hatten.

Sie entließ das verschüchterte Wesen. „Danke. Du kannst gehen!"

Im Nebenraum wartete das heiße Wasser auf François. Mary half ihm in den Zuber. Schon nach wenigen Augenblicken seufzte er erleichtert auf.

„Ich glaube, ich bekomme langsam wieder Gefühl in meine Zehen …"

Mary streichelte ihm über den mageren Rücken.

„Du musst besser auf dich aufpassen, François!"

Sie spürte, wie sich seine Muskeln unter ihren Fingern verspannten. Er seufzte. „Mir macht im Leben nichts so viel Spaß wie die Jagd. Und jetzt soll ich darauf auch noch verzichten – aus Vorsicht? Nein, da setze ich lieber meine Gesundheit aufs Spiel. Nur auf dem Rücken eines Pferdes fühle ich mich richtig lebendig." Er sah sie flehentlich an. „Nimm mir nicht diesen Spaß! Du wirst sehen: Ich schlafe eine Nacht und morgen geht es mir wieder gut. Bestimmt!"

Wenig später war François in seinem Bett fest eingeschlafen.

Wenigstens zitterte er jetzt nicht mehr. Mary selbst trug inzwischen ein wärmendes Wollkleid und hatte sich einen dicken Umhang umgelegt. Nach einem kräftigen Abendessen war ihr wieder warm geworden. Trotzdem ergriff sie eine Unruhe. Ob die Pferde wirklich gut versorgt waren?

Kurz entschlossen lief sie noch einmal die Treppen hinunter. Auf dem Hof salutierte der Hauptmann vor ihr, sie nickte kurz und verschwand in den Stallungen. Das beruhigende Geräusch von kauenden Pferden umfing sie. Die großen Leiber wärmten die Stallungen und verbreiteten den anheimelnden Geruch nach Pferd. Mary wunderte sich, dass Agnes nichts von sich hören ließ. Sonst begrüßte die Stute sie immer mit einem leisen Wiehern, wenn sie ihre Schritte hörte. Heute Abend blieb alles ruhig. Marys Herz begann zu klopfen. Schnell lief sie zu Agnes' Unterstand.

Die Stute stand regungslos in der Ecke. Bei dem schummrigen Licht der Laternen konnte Mary nur einen Schatten erkennen. Vielleicht schlief sie ja nur? Mary ging zu ihr hin und legte die Hand auf die Seite der Stute – und fuhr mit einem Fluch zurück. Die Stute stand immer noch unter einer nassen Decke! Anfangs hatte diese Wolldecke sicher gewärmt, aber jetzt war sie nur noch klamm und kalt. Die Jagd war seit Stunden vorbei, Agnes musste völlig ausgekühlt sein. Schnell zog Mary die Decke von ihrem Rücken. Wie erwartet war Agnes nass und kalt darunter. Mary bückte sich, ergriff ein Strohbündel und begann die Stute abzureiben. So wollte sie die Durchblutung wieder ein wenig anregen. Ob sich überhaupt jemand um den warmen Brei gekümmert hatte? Mary bekam ein schlechtes Gewissen. Die schwarze Stute hatte hier die ganze Zeit gestanden und gefroren, während sie sich im warmen Badewasser aalte und fetten Käse mit einer kräftigen Fleischbrühe aß. Und wo zum Teufel steckten die Knechte, die sich sonst immer im Stall aufhielten? War nur Agnes so vernachlässigt worden oder ging es Bayadère genauso schlecht?

Sie ließ das Strohbündel fallen und rannte durch die Stallgasse zu Bayadère. Er stand trocken und zufrieden in seinem Unterstand. Auch die anderen Pferde wirkten gut versorgt. Mary rannte weiter in die angrenzende Sattelkammer – und hatte Erfolg. Hier hockten ein paar Stallknechte zusammen und teilten sich ihr Abendessen. Sie sahen erst unwillig auf – und fuhren erschrocken zusammen, als sie die flammend roten Haare von Mary erkannten. Die hielt sich nicht lange mit Förmlichkeiten auf.

„Wer sollte heute meine Stute versorgen?"

Sie blickte drohend in die schweigende Runde. Die Stallburschen hofften alle auf ein Wunder – sie wollten gern unsichtbar werden.

Mary fiel ein Stallbursche auf, der besonders angestrengt auf den Boden schaute.

„Du da!", sprach sie ihn an. Als er nicht reagierte, wurde sie deutlich: „Ja, du mit dem braunen Wams!"

Der Bursche blickte auf. Er kam ihr bekannt vor, aber sie konnte sich nicht erinnern, wann sie schon einmal mit ihm zu tun gehabt hatte.

„Hast du dich um Agnes gekümmert? Obwohl – ich sollte besser fragen, ob du derjenige bist, der sich *nicht* um sie gekümmert hat!"

Der Junge sah auf und starrte ihr trotzig in die Augen.

„Dieser Satansbraten hat es doch verdient zu frieren!", zischte er schließlich.

Mary konnte nicht glauben, was sie da eben gehört hatte.

„Habe ich dich richtig verstanden? Sie hat es verdient? Was hat sie dir denn getan?"

In der Sekunde fiel ihr wieder ein, wann sie den Stallburschen schon einmal gesehen hatte. Letzten Sommer, als sie nicht ausreiten durfte – da hatte genau dieser dunkelhaarige Bursche versucht Agnes zu reiten. Sie erinnerte sich an ein paar unerfreuliche Stürze, die sie von ihrer Kutsche aus gesehen hatte. Sie war fassungslos.

„Bloß weil du dich nicht auf ihr halten kannst, heißt das noch lange nicht, dass du mit Agnes nach deinem Gutdünken umgehen kannst. Nach einer so kalten und schweren Jagd hat jedes Pferd eine gute Behandlung verdient, egal ob du es leiden kannst oder nicht! Und jetzt steh auf, und zwar sofort! Du wirst Agnes versorgen und ich werde dir dabei zusehen."

Widerstrebend erhob sich der Bursche. Mary warf einen Blick in die Runde. Die Burschen stocherten wieder in ihrem Essen herum, sie hofften wohl, dass sie dem Zorn ihrer Königin entgangen waren.

Mary konnte es immer noch nicht fassen.

„Wo ist eigentlich der Stallmeister?"

Jetzt kam ein wenig Leben in die Burschen. Einer deutete mit seinem schmutzigen Zeigefinger auf eine schmale Treppe, die hinter der Sattelkammer in die Räume über dem Stall führte.

„Ihr findet ihn dort oben."

Mary rauschte die Treppen nach oben. Sie traf den Stallmeister nicht allein an. Bei ihm war eine der Mägde, die auf seinem

Schoß saß und gleich wütend loskeifte: „Haben wir nicht klar gemacht, dass hier niemand etwas verloren hat?!"

Mary trat aus dem Schatten hervor. Schweigend musterte sie die Magd, die jäh mit ihrer Schimpftirade aufhörte und die Königin mit offenem Mund ansah.

Schließlich konnte Mary sich nicht mehr beherrschen. Ihre Stimme war der pure Hohn, als sie sich an den Stallmeister wandte.

„Verzeiht, wenn ich eure Zweisamkeit so grausam unterbrechen muss. Leider steht mein Pferd in den Stallungen, die seine Majestät und ich dir anvertraut haben. Es hat Hunger und friert. Und ich werde dafür sorgen, dass künftig auch ihr Hunger haben und frieren werdet. Raus!"

Der Stallmeister und die Magd wurden leichenblass. Er stotterte und Mary nahm einen kräftigen Geruch nach billigem Rotwein wahr. „Majestät, ich ahnte nicht, dass meine Knechte so nachlässig gearbeitet haben. Ich habe sie vorhin extra angewiesen …"

Mary ließ ihn nicht ausreden. „Pack deine Sachen und geh. Ich will dich morgen nicht mehr hier am Hof sehen! Und wage es nicht, mir noch einmal unter die Augen zu treten!"

Sie drehte sich um, ging die Treppe wieder hinunter in die Sattelkammer und an den Stallburschen vorbei zu Agnes. Die wurde inzwischen von zwei Jungen trocken gerieben, ein dritter brachte ihr gerade einen Eimer mit warmem Haferbrei. Mary sah zufrieden zu. Erst als Agnes' ursprünglicher Pfleger an ihr vorbeikam, packte sie ihn mit hartem Griff an der Schulter.

„Für dich gilt, was ich gerade dem Stallmeister gesagt habe. Ich will dich hier nie wieder sehen. Deine Aufgabe war einfach:

Du solltest dich um Agnes kümmern. Das wird ab sofort jemand erledigen, der das ernst nimmt. Verschwinde!“

Sie sah noch kurz dem Treiben um Agnes herum zu, dann verschwand sie aus dem Stall. Auch für Mary wurde es Zeit, ein wenig zu schlafen.

21

Am frühen Morgen wurde Mary durch François' rasselnden Atem geweckt. Er schlief unruhig, sein Gesicht war mit einem dünnen Schweißfilm bedeckt, auf den Wangen und am Hals hatten sich hektische rote Flecken gebildet.

Sie sah ihn nachdenklich an. Er sah schrecklich aus. Im Schatten der Vorhänge rings um das Bett lagen seine Augen tief in den Höhlen. Während es draußen allmählich dämmerte, fingen seine Lider plötzlich an zu flattern. François öffnete die Augen und sah Mary aus klaren, braunen Augen an. Er fing fast sofort an zu sprechen, so als hätte er die ganze Zeit gemerkt, dass sie ihn beobachtete.

„Mach dir keine Sorgen. Das ist nur eine kleine Erkältung. Ich habe keine Angst, dann solltest du auch keine haben."

Noch bevor Mary antworten konnte, fiel François wieder in einen unruhigen Schlaf. Mary ließ ihn allein und zog sich warme Wintergewänder an. In einem Nebenraum wartete ein umfangreiches Frühstück auf sie. Flamina leistete ihr Gesellschaft und überbrachte auch gleich die Neuigkeit des Tages.

„Der Hof zieht weiter nach Orléans. Schon morgen sind wir erneut unterwegs, angeblich möchte der Kardinal wieder näher an Paris heran."

Mary zuckte mit den Schultern. „Wenn es ihn glücklich macht … Außerdem wird es hier allmählich wirklich zu dreckig."

Seit Jahren zog der Hof immer weiter, wenn ein Schloss verschmutzt war. Ohne Menschen und Möbel wurde es dann gründlich gereinigt, bis einige Monate oder ein Jahr später der Hof von neuem über das Schloss hereinbrach. Eine sehr praktische Methode, so nahm der Dreck nie überhand.

François schlief fast den ganzen Tag. Mary kümmerte sich um einen neuen Stallmeister und vor allem darum, dass Agnes und Bayadère leicht bewegt wurden. Nach der schweren Jagd litten die Pferde unter Muskelkater und durften auf keinen Fall einfach in den Stallungen stehen bleiben. Als sie am Abend wieder in ihre Gemächer kam, saß François zu ihrer Freude aufrecht in seinem Bett. Sie erzählte ihm von dem bevorstehenden Umzug und dem Ärger mit dem Stallmeister. François hörte gespannt zu, fasste sich aber immer wieder mit kläglicher Miene hinter das linke Ohr. Mary fragte ihn, ob er Schmerzen hätte, aber er schüttelte heftig den Kopf.

Die darauf folgende Nacht schien er tief zu schlafen und am nächsten Morgen versicherte er immer wieder, dass ihm „wirklich nichts fehle". Der Hofstaat wollte am späten Vormittag aufbrechen. Der Himmel war immer noch wolkenverhangen, ein kalter Wind fegte über den Hof und alle paar Minuten fing es wieder an zu regnen. Mary saß schon auf Black Agnes, als François auf der Treppe erschien. Er ging langsam zu Bayadère und hatte schon einen Fuß im Steigbügel, als plötzlich ohne jede Vorwarnung die Beine unter ihm zusammenknickten und er der Länge nach hinstürzte. Regungslos blieb er im Dreck des Schlosshofes liegen. Die Höflinge schrien erschrocken auf, aber noch bevor irgendjemand bei François anlangte, war Mary schon bei ihm. Sie hob seinen leichten Oberkörper an und bettete seinen Kopf auf ihren Schoß. Es war ihr völlig egal, dass ihr königliches rotes Samtgewand dabei völlig verdreckt wurde. Immer wieder schüttelte sie François.

„Wach auf“, flüsterte sie. „Wach doch bitte, bitte auf.“ Doch François rührte sich nicht. Wie eine leblose Puppe hing er in ihren Armen. Mary sah sich Hilfe suchend um. Der Kardinal stand plötzlich neben ihr.

„Wir müssen ihn wieder ins Trockene bringen!“ Ohne auf eine Antwort zu warten, beugte der Kardinal sich hinab und hob den König auf, als sei er nur ein achtlos liegen gelassenes Kinderspielzeug. Mühelos trug er ihn die Treppe hoch und verschwand im Schloss.

Mary eilte neben ihm her. Tränen liefen ihr über das Gesicht. Es war François schon oft schlecht gegangen, aber er war noch nie ohnmächtig geworden.

Der Kardinal legte François auf das Bett und sah mit gerunzelter Stirn auf den reglosen Körper hinunter. Mit fester Stimme gab er seine Befehle. „Holt die Ärzte, sie sollen sich um ihn kümmern. Wir werden heute auf keinen Fall nach Orléans umziehen. Wir bleiben hier, bis der König sich erholt hat.“ Und mit einem Blick auf Mary fügte er hinzu: „Ihr schickt nach mir, wenn sich sein Zustand verändert. Ich werde heute Abend noch einmal nach ihm sehen.“

Der Kardinal verließ mit wehendem Umhang den Raum, den Catharina fast gleichzeitig betrat. Sie blieb am Fußende des Bettes stehen und betrachtete ihren Sohn mit ungerührter Miene. Mary konnte ihre Gedanken nicht lesen, aber sie war sich sicher, dass Catharina gerade nicht nur an die Gesundheit ihres Sohnes dachte. Nach einer Ewigkeit richtete die Königswitwe ihre glanzlosen schwarzen Augen auf Mary. „Da liegt deine Zukunft, Mary Stuart. Keine rosigen Aussichten." Damit drehte sie sich um und verschwand.

Die königlichen Ärzte versammelten sich wenig später um François' Bett. Aus seinem linken Ohr sickerte inzwischen eine übel riechende Flüssigkeit. Er fieberte und kam nicht mehr zu Bewusstsein. Schließlich ergriff einer der Ärzte ein winziges Messer, machte einen kleinen Schnitt in François' Arm und ließ ihn lange und ausgiebig zur Ader. Mary sah zu, wie das Blut in stetem Strahl in einen kleinen Eimer rann. Es kam ihr vor, als ob damit auch das Leben aus François rinnen würde. Ein anderer Medicus träufelte gleichzeitig warmes Terpentin und Rosenöl in das Ohr. Diese Mischung hatte François in den letzten Jahren immer geholfen.

Am späten Nachmittag kam François endlich zu Bewusstsein. Er blickte sich aus fieberglänzenden Augen in dem Zimmer um und schien nichts mehr zu erkennen.

Mary ergriff seine heiße, trockene Hand. „François, was ist mit dir? Wie fühlst du dich?"

Er stöhnte, bevor er zu reden begann.

„Das schwarze Pferd bringt den Herrscher zu großem Ruhm. Es rennt durch den Wald, rennt immer weiter, bis die Löwen kommen. Die Löwen greifen es an, es rennt, der König leidet sehr …"

Mary sah François verzweifelt an.

Ein Medicus legte seine Hand auf ihre Schulter. Er versuchte sie zu beruhigen. „Er spricht wirr, Majestät. Es ist das hohe Fieber, das trübt seinen Geist."

Doch Mary war ganz und gar nicht beruhigt. Zeit ihres Lebens war François kränklich gewesen. Häufig auch mit schlechter Laune, weil er immer wieder Schmerzen erdulden musste. Aber noch nie war sein Fieber so hoch gewesen, dass er seine Sinne nicht mehr beisammen hatte. Eine Träne lief ihr über das Gesicht. Alles war ihre Schuld, sie hatte ihm Agnes für die Jagd geliehen. Dabei wollte sie ihm doch eine Freude machen … Sie presste die Hände vor das Gesicht. So saß sie lange bei ihm.

Am Abend kam der Medicus noch einmal zu ihr.

„Majestät, bei der Entzündung hinter seinem Ohr können wir nichts für ihn tun. Wir wachen an seinem Bett, Ihr könnt schlafen gehen. Wenn sich etwas verändert, werden wir nach Euch schicken. Aber es liegt allein in Gottes Hand, was mit dem König geschieht."

Mary schüttelte entschlossen den Kopf. „Nein, ich weiche auf keinen Fall von seiner Seite! Er soll mich sehen, wenn er aufwacht."

Mary nickte schließlich in ihrem Stuhl an François' Bett ein, die Anspannung des Tages und die Müdigkeit übermannten sie einfach. Sie träumte ungewöhnlich lebhaft, immer wieder tauchten ein Waldweg und ein galoppierendes Pferd auf. Als sie wieder erwachte, war es weit nach Mitternacht. In dem Schlafgemach brannten nur noch zwei Kerzen, die tiefe Schatten in alle Ecken des Zimmers warfen. In einem Stuhl an der Wand döste der Medicus, ansonsten war niemand mehr da.

Mary setzte sich verwirrt auf. Was wollte dieser Traum ihr sagen? Woher kam ihr nur dieser Waldweg so bekannt vor? Und plötzlich erinnerte sie sich! Das war der Waldweg, auf dem sie sich vor über einem Jahr die Schulter gebrochen hatte. Sie hatte immer wieder die Szene kurz vor ihrem Sturz geträumt. Mary fasste sich an ihre Schulter. Der Bader hatte sie damals wieder gesund gemacht. Hieß es nicht, Paré sei der beste Bader in ganz Frankreich? Vielleicht konnte er ja François helfen! Sie blickte auf ihren Mann, der sich fiebernd in seinem Bett von einer Seite auf die andere warf. Catharina hatte bei Henri zu spät nach dem Bader geschickt, diesen Fehler wollte Mary nicht wiederholen.

Sie stand auf und strich ihren zerknitterten Rock glatt. Sie trug immer noch die Reisekleidung, die sie heute früh anzogen hatte. Sie beugte sich vor und streichelte François' Wange.

„Ich bringe Hilfe. Du musst durchhalten!“, flüsterte sie ihm in das gesunde Ohr. Er stöhnte nur und wälzte sich weiter unruhig hin und her.

Mary schlich aus dem Schlafzimmer und rannte die Treppe nach unten. Die schwere Tür quietschte laut in der stillen Nacht, als sie in den Schlosshof trat. Sie sah nicht einmal eine Wache, als sie über den Hof huschte und in den Stallungen verschwand. Agnes brummelte zur Begrüßung aus ihrem Unterstand und schaute Mary mit gespitzten Ohren entgegen. Sie schien die schlechte Behandlung nach der Jagd nicht übel genommen zu haben.

Mary streichelte ihr über die weiche Nase.

„Hallo, meine Schöne. Jetzt musst du zeigen, was in dir steckt“, flüsterte sie.

Sie lief in die Sattelkammer und nahm ihren alten Jagdsattel und eine Kandare von den Haken. Heute hatte sie keine Zeit für Etikette – der Damensattel war ihr viel zu kompliziert. Sie legte Agnes den Sattel auf. Die Stute schien zu spüren, dass Mary es eilig hatte, sie drängte ihren Kopf von selbst in das Zaumzeug und schnappte sich die Kandare. Mary schloss alle Schnallen, führte Agnes aus dem Stall und saß auf.

Sekunden später war sie im leichten Galopp unterwegs. Sie musste die Kräfte ihrer Stute klug einteilen, es war recht weit zu dem Weiler, in dem Paré wohnte. Mary rechnete mit einigen Stunden, die sie wohl unterwegs sein würde. Entschlossen steuerte sie Agnes auf einen breiten Weg, der entlang des Flusses führte. Der Weg war eben und Agnes kam auf dem federnden Boden mit ihrem raumgreifenden Galopp gut voran. Kein Mondlicht erhellte die finstere Nacht. Dazu war es bitterkalt, für Ende November nicht ungewöhnlich, aber Marys Hände wurden schon nach wenigen Kilometern taub. Zum Glück konnte Agnes sich in der Finsternis recht gut orientieren – Mary hatte einmal gehört, dass Pferde in der Dunkelheit besser sehen können als Katzen. Sie hatte keine Ahnung, ob das stimmte, aber Agnes benahm sich so: Sie galoppierte ohne Zögern auch durch dunkle Hohlwege.

Mary legte immer wieder Trabstrecken ein, um der Stute eine Gelegenheit zu geben, wieder zu Atem zu kommen. Es verging eine knappe Stunde, bis der kalte Regen wieder einsetzte. Mary spürte, wie innerhalb weniger Minuten ihr dickes Reisekleid durchnässt wurde. Zum Glück hatte sie genug Bewegung um nicht zu frieren. Sie hielt an einer Kreuzung an und schaute mit einem leisen Fluch zum Himmel. Dann drückte sie wieder ihre Fersen in Agnes' Seite und steuerte sie in einen schmalen Weg, von dem sie wusste, dass er quer durch einen Wald führte. Mary war sich sicher, dass dieser Weg ihr ordentlich Zeit sparen würde. Sie behielt die Zügel fest in der Hand und schnalzte auffordernd mit der Zunge. Agnes reagierte sofort und galoppierte leichtfüßig weiter. Im Wald war es stockfinster. Wenn sie vorher nur wenige Umrisse erkannt hatte, dann war es jetzt, als hätte sie ein schwarzes Tuch über den Augen. Sie musste sich voll und ganz auf Agnes verlassen, wollte aber auch nicht langsamer weiterreiten – das Bild des fiebernden François stand ihr zu deutlich vor Augen.

Wenige Kilometer später verfluchte sie sich, diese Abkürzung genommen zu haben. Es wurde nicht heller und sie hatte keine Ahnung, ob sie überhaupt noch auf dem richtigen Weg war. In diesem Augenblick spürte sie einen gewaltigen Schlag gegen ihren Oberkörper und flog im hohen Bogen auf den nassen Waldboden.

Sie blieb keine Sekunde liegen, sondern richtete sich sofort wieder auf. Alles, was sie hörte, waren die sich entfernenden Hufschläge von Agnes, die im Wald verschwand. Dazu das leise, andauernde Prasseln der Regentropfen auf die Blätter. Mary schimpfte mit sich selbst und war gleichzeitig den Tränen nahe. Sie war wohl von einem tief hängenden Ast aus dem Sattel gehoben worden. Warum hatte sie sich nicht tiefer über Agnes' Hals gebeugt? Und wo war Agnes jetzt?

„Agnes! Komm zurück! Agnes!"

Angespannt lauschte sie in die Dunkelheit. Nichts. Regenprasseln. Mary machte einen zögernden Schritt mit tastend nach vorn gestreckten Händen. Nein, so kam sie nicht weit. Ohne Agnes' Katzenaugen war sie hier im Wald verloren. Und der Weiler von Paré war sicher noch einige Kilometer entfernt. Mary holte noch einmal tief Luft.

„Agnes!"

Wieder lauschte sie. War das in der Ferne ein Hufschlag? Oder nur ein knarzender Baum im Wind? Sie hielt den Atem an um besser hören zu können. Das Geräusch wurde lauter. Ein anderer Reiter vielleicht? Mary schüttelte den Kopf. So verrückt, diesen Weg in einer regnerischen Novembernacht einzuschlagen, war bestimmt nur sie.

Doch! Es war eindeutig ein Hufschlag.

„Agnes!"

Ein leises Wiehern aus der Dunkelheit, dann war der Hufschlag ganz nah. Es musste Agnes sein.

Mary konnte es fast nicht glauben. Leise lockte sie die Stute an.

„Komm hierher, meine Gute."

Der Hufschlag kam näher und Sekunden später schob sich eine warme Pferdenase in Marys Hand. Vorsichtig blies die Stute ihr in die Hände, fast so, als wollte sie sich dafür entschuldigen, dass sie ihre Last aus Versehen verloren hatte.

Mary tätschelte glücklich den Hals der Stute. Eine bessere Freundin konnte man wohl nicht haben.

„Wir müssen weiter, Agnes!", meinte sie nach einigen Augenblicken.

Sie griff in die Zügel und schwang sich wieder auf den Rücken der Stute. Durch den Sturz hatte sie endgültig die Orientierung verloren. Keine Ahnung, in welcher Richtung jetzt der Weiler des Baders lag und wo das Schloss war, von dem aus sie aufgebrochen war.

Mit einem Seufzer legte Mary den Zügel auf Agnes' Hals und schnalzte auffordernd. Hoffentlich schlug die Stute die Richtung von vorhin ein und lief nicht einfach wieder nach Hause. Mary musste Agnes einfach vertrauen.

Die schwarze Stute schnaubte leise und fiel in einen lockeren Trab. Sie schien genau zu wissen, wohin sie lief. Mary ließ die

Zügel weiter lang und bemühte sich in der nächsten Stunde einfach nur, Agnes möglichst wenig zu stören. Wann wurde es nur endlich hell? Diese Nacht schien endlos zu sein!

Plötzlich traten die dichten Bäume zurück und Mary konnte das erste Mal seit über zwei Stunden wieder etwas erkennen. Der Regen hatte aufgehört und der Wind die Wolken zerrissen. Sie trieben jetzt in großen Fetzen über den Himmel, aber das Mondlicht kam zum Glück immer wieder durch.

Sie sah über die Lichtung, zu der Agnes so zielsicher getrabt war, und stieß einen überraschten Freudenruf aus: Sie befand sich auf der Lichtung des Weilers! Keine hundert Meter entfernt stand das Haus von Paré an der Wegkreuzung.

Sie ritt langsam näher, saß ab und klopfte an der Tür. Die Schläge hallten durch die Nacht. Nichts rührte sich. Mary klopfte noch einmal und endlich hörte sie, wie sich über ihr etwas bewegte. Es schien eine Ewigkeit zu dauern, bis das Fenster über ihr aufflog und der Kopf des Baders auftauchte.

„Wer kann etwas von mir wollen, mitten in der Nacht?", fragte die vertraute Stimme Parés von oben.

Mary trat einen Schritt zurück, damit er sie sehen konnte.

„Ich bin es, Meister Paré. Der König ist krank, wenn ihr ihm nicht helft, dann stirbt er. Bitte kommt mit mir!"

„Wartet!" Das Fenster klappte wieder zu, einen Augenblick später öffnete sich die Tür. Vor ihr stand der Bader in seinem Nachtgewand, einem langen weißen Hemd. Seine Haare waren zerzaust, aber sein Blick war hellwach.

„Komm herein, Mary!" Dann besann er sich und sagte hastig: „Ich meine, tretet ein, Majestät!"

Mary schlüpfte schnell ins Haus. Der Bader musterte ihre

tropfnasse Kleidung, auf der deutliche Spuren des Sturzes zu erkennen waren. In Marys nassen Haaren hingen noch feuchte Blätter und Nadeln. Er griff wortlos zu einer dicken Wolldecke, die am Kamin lag, und legte sie ihr um die Schultern.

„Beruhigt Euch! Was ist geschehen?"

In kurzen Worten erzählte Mary von der anstrengenden, kalten Jagd und François' Zusammenbruch danach. Als sie von der Schwellung hinter seinem Ohr erzählte, wurde der Bader hellhörig. Er ließ sich den Ausfluss genau beschreiben. Dann schüttelte er nachdenklich den Kopf.

„Ich kann Euch wenig Hoffnung machen, Majestät. Aber ich kann es versuchen. Wir sollten keine Zeit verlieren."

Mary dachte an die Stute, die draußen vor der Tür stand.

„Habt Ihr ein Reittier?"

Wieder schüttelte der Bader den Kopf.

„Nein, aber ich habe recht zuverlässige Kutschpferde. Ich werde sofort anspannen und losfahren."

Er sah sie nachdenklich an und redete dann weiter: „Am besten, Ihr kommt mit meiner Kutsche mit, Majestät. Wir können Euer Pferd an meine Kutsche anbinden. Ihr seht nicht so aus, als ob Ihr noch einen Ritt übersteht. Kommt, wickelt Euch in warme Decken und vertraut Euch meiner Kutsche an." Er lächelte. „Das ist auch ein ärztlicher Rat."

Mary spürte erst jetzt, dass sie bis auf die Knochen durchgefroren war. Dazu schmerzte ihre Schulter, sie hatte sie sich bei dem Sturz wieder angeschlagen. Sie gab nach.

„Wie Ihr es wünscht. Wir müssen uns nur beeilen!"

Der Bader erhob sich.

„Ich werde mir nur kurz etwas Passendes überziehen und

dann sofort anspannen. Ruht Euch hier am Kamin ein wenig aus, ich hole Euch, wenn ich fertig bin."

Mary stand auf. „Nein! Ich muss mich um mein Pferd kümmern. Ich kann nachher bei Euch auf der Kutsche schlafen."

Vor dem Haus des Baders wartete die Stute mit hängenden Zügeln auf sie. Mary sattelte sie ab und legte ihr eine Decke über, die sie im Stall gefunden hatte. Dann führte sie die Stute auf und ab, bis sich ihr Atem wieder beruhigt hatte. Dabei streichelte sie ihr immer wieder den Hals und flüsterte liebevoll auf sie ein. Agnes war sicher das beste Pferd der Welt!

Wenig später hatte Paré seine Kutsche mit den beiden Braunen angespannt, seine Instrumente und Kräuter auf dem Wagen verstaut und lud sie ein, auf die Sitzbank zu steigen. Mary legte ihren Sattel hinter den Kutschbock und band Agnes an die Kutsche. Dann setzten sie sich in Bewegung. Es war immer noch finstere Nacht, aber wenigstens regnete es nicht mehr. Die Wärme unter der dicken Wolldecke und das gleichmäßige Rumpeln des Wagens lullten Mary ein. Sie murmelte: „Wenn einer François retten kann, dann Ihr …"

Noch bevor der Bader antworten konnte, war Mary eingeschlafen.

22

Mit einem Ruck schreckte Mary hoch. Es dauerte einen Moment, bis ihr wieder einfiel, wo sie war. Sie blickte zur Seite. Paré sah aufmerksam nach vorn und hielt die Zügel seines Gespanns fest in der Hand. Die Nacht neigte sich dem Ende zu, am Horizont dämmerte es.

Mary räusperte sich. „Wo sind wir?", fragte sie. Ihre Stimme klang rau wie die einer alten Frau.

Paré blickte sie an. „Ihr seid aufgewacht? Gerade zum rechten Zeitpunkt." Er deutete auf die dunklen Mauern des Schlosses, die in der Dämmerung zu erkennen waren. „Wir sind gleich da. Wollt Ihr lieber die letzten Meter auf Agnes reiten?"

Mary schüttelte den Kopf. „Es ist mir egal, was diese Höflinge von mir denken. Ich bin zu müde, um mich jetzt wieder auf mein Pferd zu schwingen. Nein, ich bleibe bei Euch."

Wenige Minuten später rumpelte die Kutsche des Baders in den Innenhof, wo im frühen Morgenlicht das Leben allmählich erwachte. Als die Kutsche zum Stillstand kam, sprang Mary vom Bock herunter ohne auf Hilfe zu warten. Sie knotete Agnes von der Kutsche los und führte sie zum Stall.

Zum Glück war schon einer der Knechte wach. Sie sah ihn streng an.

„Ich glaube, ich habe vor ein paar Tagen deutlich gemacht, wie Agnes nach einer harten Jagd behandelt werden muss. Ich möchte, dass du heute alles doppelt so gut erledigst. Ich werde es später nachprüfen, da sei dir sicher." Ein Lächeln huschte plötzlich über ihr Gesicht. „Und vergiss nicht: Ich bin auf der Suche nach einem neuen Stallmeister!"

Der Bursche strahlte bei dieser Bemerkung und nickte eifrig. Vielleicht konnte er nun endlich aus der Bedeutungslosigkeit aufsteigen?

Er griff nach Agnes' Zügeln und beteuerte, alles für das Pferd zu tun, was in seiner Macht stand.

Mary wandte sich wieder Paré zu. „Kommt, wir gehen am besten direkt zu François. Ich hoffe nur, er hat die heutige Nacht …" Ihre Stimme erstarb bei dem Gedanken, dass sie zu spät gekommen sein könnte.

Schweigend führte sie Paré durch die verwinkelten Treppen und Gänge zu ihren Gemächern. Noch nie war ihr der Weg so weit erschienen. Als sie durch die Tür traten, flog ihr erster Blick Richtung Bett. François lag reglos da. Mary stockte der Atem, bis sie sah, dass sich seine Brust sachte hob und senkte. Er lebte noch!

Paré setzte sich sofort an sein Bett. Er fühlte den Puls, zog die Lider nach oben und untersuchte schließlich genau die Schwellung hinter François' Ohr. Er winkte Mary heran und deutete auf die bösartig rote Stelle. „Hinter dieser Schwellung liegt eine große Entzündung innerhalb seines Schädelknochens. Dieser Eiterherd übt einen wachsenden Druck auf sein Gehirn aus, deshalb hat er das Bewusstsein verloren." Paré sah Mary ernst an. „Wenn wir François nicht von diesem Druck befreien, wird es ihn das Leben kosten. So etwas verschwindet nicht von selbst!"

Mary sah Paré verzweifelt an. „Was können wir tun? Gibt es irgendeinen Weg, wie François zu retten ist?"

Paré zögerte kurz, dann richtete er seine freundlichen Augen auf François, während er langsam weitersprach.

„Ich habe ein Gerät erfunden. Es ist eine Art Bohrer, mit dem wir seinen Schädel öffnen können. Der Eiter fließt ab und damit weicht der Druck von seinem Gehirn. Dann könnte er sich erholen, wenn er Glück hat. Ich kann Euch aber nichts versprechen."

Es gab also Hoffnung! Mary atmete langsam aus. Sie merkte erst jetzt, dass sie während der gesamten Untersuchung die Luft angehalten hatte.

„Wann könnt Ihr den Eingriff vornehmen?"

Paré wollte gerade antworten, als eine bekannte Stimme von der Tür des Schlafgemachs ertönte: „Eingriff? Was plant Ihr mit meinem Sohn? Hier passiert nichts ohne meine Einwilligung!"

Catharina! Sie stand in ihrem schwarzen Kleid wie ein Racheengel mitten im Zimmer und sah Mary missbilligend an.

Der wurde in diesem Augenblick klar, dass ihr verdrecktes, nasses Kleid in Catharinas Augen wohl kaum die angemessene Kleidung einer Königin darstellte. Es war ihr egal. Sie richtete sich auf und sah Catharina von oben herab an.

„Monsieur Paré war so freundlich, zu uns zu kommen und den König zu untersuchen. Er hat eine Idee, wie wir vielleicht sein Leben retten können."

Catharina sah Paré mit unverhohlenem Hass an. „Es wäre das erste Mal, dass Paré einen König retten kann. Welche Idee hat er denn diesmal?"

Paré wiederholte ohne Zögern seinen Vorschlag einer Schädelöffnung. Catharina hörte ihm regungslos zu. Er hatte seinen Satz noch nicht beendet, als sie ihr Urteil verkündete.

„Auf keinen Fall! Mein Sohn hat in seinem Leben genug gelitten. Wie soll er danach weiterleben? Als Monster mit offenem Schädel?“ Sie schnaubte verächtlich durch die Nase. „Ich werde auf keinen Fall dulden, dass ein Ketzer seine dreckigen Hände an meinen Sohn legt. Ich habe ihm damals erlaubt, dass er meinen geliebten Gemahl behandelt, und fürchte, dass Henri dafür jetzt im Fegefeuer leiden muss. François soll mit einem reinen Gewissen vor seinen Schöpfer treten!“

Mary starrte Catharina fassungslos an. Sie wollte ihren Sohn einfach unter Qualen sterben lassen? Sie öffnete den Mund um zu protestieren, aber Catharina fuhr sie an: „Wage es nicht, mir zu widersprechen! Es ist *mein* Sohn und *ich* bestimme, was mit ihm geschieht.“

Damit drehte sich die kleine Italienerin um und watschelte aus dem Zimmer.

Mary sank auf der Bettkante zusammen. War ihr wilder Ritt durch die Nacht völlig vergebens gewesen? Paré konnte und wollte François retten – aber er durfte nicht. Bittere Tränen sammelten sich in ihren Augen. Sie sah François an, der ganz ruhig dalag. Seine Haut sah durchscheinend aus, unter den Augen hatte er violette Schatten und auf der Stirn sammelten sich Schweißtröpfchen.

Paré legte die Hand auf Marys Schulter und drückte leicht zu. Er sah sie mitleidig an und flüsterte: „François leidet nicht, macht Euch keine Sorgen. Er wird das Bewusstsein kaum noch einmal wiedererlangen. Aber ich kann nichts für ihn tun.“

Mary strömten die Tränen über das Gesicht. Unter Schluchzern presste sie hervor: „Wie lange wird es noch dauern?“

Paré zuckte mit den Schultern. „Das kommt darauf an, wie

stark sein Herz ist. Ein paar Stunden, ein paar Tage – das liegt in Gottes Hand." Paré zögerte kurz, aber dann fragte er doch. „Eins würde ich gern wissen ... Ist es wirklich Catharinas Hass auf die Neugläubigen, der verhindert, dass ich François helfen darf?"

Mary wischte sich die Tränen aus dem Gesicht und sah den Bader nachdenklich an. Sie kannte Catharina inzwischen gut genug um zu wissen, dass sie alles tat, um ihre Macht zu erhalten. Die Macht, die seit François' Krönung in den Händen des Kardinals lag. Sollte François sterben, dann würde der gerade erst zehnjährige Charles König von Frankreich werden. Und Catharina damit die Regentin des Landes. Der Kardinal verlöre all seine Macht, Catharina wäre wieder die wichtigste Frau Frankreichs. Zumindest solange Charles noch zu jung war, um selber das Zepter zu übernehmen.

Marys Augen wurden schmal. Kein Wunder, dass Catharina an einer Genesung ihres ältesten Sohnes nicht interessiert war. Sie wollte Macht, egal um welchen Preis.

Endlich antwortete Mary dem Bader. „Nein. Sie hasst die Neugläubigen, das stimmt. Aber noch stärker ist ihre Liebe zur Macht, glaubt mir!"

Der Bader schien zu verstehen. „Benötigt Ihr noch meine Dienste? Ich kann gern ein paar Tage hier bleiben, bis ... bis alles vorüber ist."

Mary nickte dankbar. „Ja, bleibt hier. Vielleicht ändert die Königswitwe ja noch ihre Meinung, auch wenn ich mir das kaum vorstellen kann. Aber sollte das der Fall sein, möchte ich nicht noch einmal durch die Nacht reiten."

Mary blickte auf ihr Kleid herab. „Und jetzt werde ich mich

umziehen. Ihr könnt Euch auch erholen. Lasst Euch ein Zimmer geben, nicht zu weit weg von diesem hier." Mary sah sich suchend um und entdeckte die treue Flamina in der Nähe. „Meine Zofe wird sich darum kümmern. Bis dahin habt Dank für Eure Mühe."

Sie nickte dem Bader noch einmal zu und verließ das Schlafgemach, das jetzt wohl das Sterbezimmer für François geworden war.

In den nächsten Tagen kam François nicht mehr zu Bewusstsein. Mehrmals am Tag erschien Catharina und achtete darauf, dass Paré sich nicht an ihrem ältesten Sohn vergriff. Auch der Kardinal besuchte Mary, musste ihr aber eingestehen, dass er gegen den ausdrücklichen Wunsch der Königswitwe nichts ausrichten konnte. Er sah plötzlich grau und alt aus, von dem Furcht einflößenden Kirchenfürst, der bei Mary für Albträume gesorgt hatte, war nicht mehr viel übrig. Seine Macht schwand mit dem Lebenswillen von François, und das wusste er. Sorgenvoll sah er seine Nichte an. „Was soll nur aus Euch werden? Ihr seid doch erst siebzehn, da kann Euer Leben doch noch nicht vorbei sein!"

Mary gab ihm aus vollem Herzen Recht, aber im Moment war sie zu sehr mit François' Leiden beschäftigt, als dass sie über ihre eigene Zukunft nachdenken konnte.

Es war im Dezember, ein nasskalter Schneeregen fiel vom Himmel, während Mary weiter an François' Bett wachte. Er hatte seit der Untersuchung durch Paré nicht mehr das Bewusstsein wiedererlangt, der Bader hatte das also richtig vorhergesehen.

Plötzlich ging sein Atem schneller und er schien unruhig zu werden. Mary griff nach seiner Hand – ob er das wohl spürte? François seufzte noch einmal tief auf, dann hörte er auf zu atmen – einfach so. Sein Gesicht wirkte friedlich.

Mary sah ihn reglos an und blieb mehrere Minuten lang sitzen ohne einen Ton zu sagen. Hatte François jetzt endlich keine Schmerzen mehr?

Schließlich winkte sie einen Medicus heran.

„Ich glaube, der König weilt nicht mehr unter uns."

Der graubärtige Mann beugte sich vor, fühlte nach dem Puls und untersuchte die Atmung, bevor er sich aufrichtete und im vollen Bewusstsein seiner Bedeutung verkündete: „Der König ist tot! Lang lebe der König!"

Die Botschaft verbreitete sich in Windeseile im ganzen Schloss. Mary saß immer noch bei François, als Catharina auftauchte, sich wieder an das Fußende des Bettes stellte und schließlich sagte: „Wir müssen dem Volk verkünden, dass Charles der König von Frankreich ist."

Mary nickte nur und erhob sich mühsam. Am liebsten hätte sie François' Hand nie mehr losgelassen. Tränen brannten in ihren Augen.

In der Tür stand der neue König, ein schmaler Zehnjähriger, der verschreckt auf die Szene am Bett blickte. Mary wollte das Zimmer schon verlassen, als sie plötzlich Catharinas Hand an der Schulter spürte. Sie hielt sie zurück und Catharina sagte mit Nachdruck: „Mary, die Königswitwe muss der Regentin den Vortritt lassen!"

Mary trat einen Schritt zurück und ging dann mit gesenktem Kopf hinter der neuen Regentin her. Ihr war alles egal. Sie hatte

François verloren, ihren besten Freund, nichts anderes war da noch wichtig.

Mit unbewegtem Gesicht ließ sie die Verkündung des neuen Königs über sich ergehen, dann durfte sie sich endlich in ihr Gemach zurückziehen. Sie warf sich weinend auf ihr Bett. Ihr Leben würde nie wieder so sein wie bisher.

23

François' Sterbezimmer wurden von dienstfertigen Gestalten in aller Eile schwarz ausgeschlagen, die Fenster mit dicken schwarzen Stoffen verhängt. Das einzige Licht stammte von zwei Kerzen, die auf einem Tisch brannten.

Mary kam der Raum vor wie eine Gruft, wie ihr eigener Sarg, in dem sie jetzt vierzig Tage lang eingesperrt werden sollte. So lange musste die Königin um den König trauern, das war vorgeschrieben. In dieser Zeit durfte sie niemanden treffen und keine Besucher empfangen, außer ihrer engsten Verwandtschaft. Ihr war auch das egal. Wohin sollte sie gehen? Mit wem sprechen?

Die ersten Tage verstrichen, ohne dass Mary Tag und Nacht auseinander halten konnte. Die Zeit verschwamm zu einer einzigen grauen Masse. Drei Tage nach dem Tod von François war ihr achtzehnter Geburtstag, aber sie nahm nicht einmal die Glückwünsche von Flamina entgegen. Immer wieder kreisten ihre Gedanken um die gleichen Fragen: Warum hatte sie François so früh verloren? Hätte Paré ihn wirklich retten können?

Der Bader war am Tag nach François' Tod abgereist. Er hatte sich bei ihr in einem Brief entschuldigt, dass er keine Hilfe sein durfte. Mary hatte die Zeilen traurig gelesen. Paré war unschuldig. Es war Catharina, die ihren ältesten Sohn für ihre eigene Macht geopfert hatte. Catharina war es egal, dass Mary François schmerzlich vermisste. Mary wusste genau: Nie wieder würde sie einen so engen Freund wie François haben.

Ein paar Tage nach ihrem Geburtstag fand die Beerdigung statt. Die Zeremonie ging an Mary vorüber wie im Traum. Sie merkte auch nicht, dass die Höflinge über sie redeten. Die Königswitwe war durchscheinend blass, die roten Haare schienen ihr Feuer verloren zu haben.

Flamina versuchte mit Mary zu reden, aber die antwortete nur: „Nichts wird mehr gut ohne ihn. Nichts."

Die Hälfte der vierzigtägigen Trauerzeit war vorbei, als sich der Kardinal bei Mary melden ließ. Der stolze Kirchenfürst sah wieder aus wie immer, er schien den Tod von François längst überwunden zu haben. Mit gepflegtem Bart und funkelnden Ringen setzte er sich zu Mary, die nur ein schlichtes schwarzes Kleid trug.

„Ich hoffe, es geht Euch inzwischen besser, liebe Nichte", begann er. Ohne lange herumzureden kam er sofort zu seinem eigentlichen Anliegen. „Ich habe mir Gedanken über Eure Zukunft gemacht. Es gibt verschiedene Möglichkeiten. Letzte Woche habe ich mit dem spanischen Königshaus Kontakt aufgenommen. Don Carlos, der Sohn von König Philipp II., sucht eine Ehefrau …"

„Wir machen seit Jahren Witze darüber, dass Don Carlos blöd und bucklig ist, lieber Onkel! Ihr wollte mich doch wohl nicht an einen schwachsinnigen Infanten verheiraten!", unterbrach Mary ihn.

Der Kardinal lächelte milde und widersprach: „Das seht Ihr falsch. Spanien ist ein unglaublich reiches Land, Eure Macht als Königin wäre groß. Ich würde Euch natürlich weiter mit meinem Rat zur Seite stehen!"

Mary wurde blass vor Zorn. „Heiratet den dämlichen Prinzen

doch selber, wenn Ihr so gern Herrscher von Spanien werden wollt!", schrie sie ihren Onkel an.

Der ließ sich von ihrem Wutausbruch nicht beeindrucken. Er hob die Hand um sie zum Schweigen zu bringen.

„Wartet. Ich habe ja noch einen zweiten Vorschlag. Ihr könntet Charles heiraten, dann ändert sich fast nichts für Euch!"

Mary schnappte nach Luft. Sie sollte den kleinen Bruder von François heiraten? Den Zehnjährigen, der ihr mit seinen unkontrollierten Wutausbrüchen jetzt schon Angst machte? Und überhaupt: Er war ein Kind!

Jetzt konnte sie nichts mehr beruhigen. „Verlasst sofort meine Trauergemächer, lieber Onkel. Ihr hättet wenigstens die vierzig Tage Trauerzeit abwarten können, bevor Ihr mir neue Kandidaten zum Heiraten vorstellt. Warum sollte ich Charles heiraten? Damit alles so bleibt wie vorher – Ihr und Catharina könnt euch weiter um die Macht streiten und ich trage in der Zeit die Krone spazieren? Geht, ich bitte Euch. Ich will Euch nicht mehr sehen!"

Der Kardinal blickte sie aufmerksam an.

„Ich kann verstehen, dass Ihr aufgebracht seid. Aber ich versichere Euch, ich tue das alles nur für Euch. Ihr müsst anfangen über Eure Zukunft nachzudenken. Ich lasse Euch jetzt allein. Denkt über meine Vorschläge nach …"

Damit verschwand er. Mary holte tief Luft. Sie wollte nicht mehr die Marionette des Kardinals und ihrer Familie sein. Nie wieder. Sie hatte in den letzten zehn Jahren brav alles gemacht, was man von ihr erwartete. Sie hatte ihre Heimat verlassen, ihre Mutter nicht mehr gesehen, François geheiratet. Jetzt musste Schluss mit diesem Gehorsam sein.

Nachdenklich strich sie eine Haarsträhne aus dem Gesicht und sah sich das erste Mal seit François' Tod in dem Raum richtig um. Er war dunkel, klamm und muffig. Kein Wunder, sie hatte nicht einmal erlaubt, dass der Kamin angefeuert wurde, und inzwischen war es kurz vor Weihnachten. Hinter den schwarzen Stoffen war seit Wochen kein Fenster mehr geöffnet worden. Welche Tageszeit war überhaupt gerade? In den letzten Tagen hatte sie geschlafen und gewacht, wie es ihr erschöpfter Körper vorgegeben hatte. Mary sah sich suchend um. Ob Flamina wohl in der Nähe war? Sie öffnete die Zimmertür und sah auf den menschenleeren Gang hinaus. In einer Halterung flackerte eine fast niedergebrannte Kerze. Offensichtlich hatte der Kardinal sie mitten in der Nacht besucht. Es sollte wohl keiner wissen, dass er schon fleißig ihre Wiedervermählung plante.

Sie sehnte sich nach frischer Luft und dem Himmel. Über drei Wochen eingesperrt in das Sterbezimmer von François – kein Wunder, dass sie fast den Verstand verloren hatte. Aber immer noch durfte sie das Zimmer nicht verlassen. Vorsichtig schloss sie wieder die Tür und ging in ihr Ankleidezimmer. Dort hingen prächtige Roben aus rotem, grünem, goldgelbem Samt. Mieder mit Perlen, Edelsteinen oder silbernem Garn bestickt. Schleier, auf denen fleißige Hände ein unendlich feines Blumenmuster gestickt hatten. Mary schob alles achtlos zur Seite. Für Pracht hatte sie keine Verwendung. Ganz hinten fand sie ein Bündel, achtlos in die Ecke geknüllt. Als sie es auseinander faltete, musste sie unwillkürlich lächeln. Das Kleid der Küchenmagd, das sie damals für sich hatte anfertigen lassen. Es zeigte immer noch die Spuren von ihrem schweren Sturz mit Agnes. Ohne lange nachzudenken schlüpfte sie aus ihrem Trauerkleid, das sie seit François' Tod ohne Unterbrechung getragen hatte. Sie zog das einfache Kleid an, schnürte schnell das Mieder und lief wieder zur Tür.

Ein Blick über den menschenleeren Gang zeigte ihr, dass es wirklich tief in der Nacht sein musste. Es war ihre einzige Chance, ein wenig an die frische Luft zu kommen, bevor sie wieder in der schwarzen Gruft verschwinden musste. Mary huschte den Gang entlang, eilte die Treppen hinunter und stand Augenblicke später im Hof. Sie atmete tief ein. Frische Luft. Der Himmel über ihr war sternenklar, die Milchstraße funkelte und eine schmale Mondsichel hing knapp über dem Horizont. Zum ersten Mal seit langer Zeit fühlte Mary sich wieder lebendig. Jetzt musste sie nur noch nach Agnes sehen. Sie hatte die Stute nicht mehr besucht, seit sie von ihrer wilden Jagd durch die Nacht zurückgekehrt war. Der Ritt erschien ihr Jahre her, wie aus einem anderen Leben.

Kaum schob sie die Stalltür auf, da brummelte Agnes in ihrem Unterstand schon leise einen Willkommensgruß. Mary fiel der Stute um den Hals. Ohne dass sie es merkte, rannen Tränen über ihr Gesicht. Die Stute stand still wie ein Denkmal, während Mary sich in ihrer Mähne ausweinte. Irgendwann ergriff Mary das Halfter und führte Agnes aus dem Stall. Im Freien schwang sie sich auf den blanken Rücken der großen Stute und lenkte sie in Richtung eines nahen Wäldchens. Heute Nacht wollte sie nicht im wilden Galopp über die Felder jagen, sondern einfach nur ein wenig klare Nachtluft atmen und den großen warmen Körper des Pferdes spüren.

Agnes ging so vorsichtig und langsam dahin, als ob sie noch nie eine andere Gangart gewählt hätte. Mary streichelte ihr unablässig den Hals. Der Kardinal hatte zumindest mit einer Sache Recht: Was sollte nur aus ihr werden? Königswitwe von Frankreich? Sie würde sicher ein hübsches Schloss an der Loire erhalten, dazu eine angemessene Rente. Nur noch Jagden, Plaudereien mit Freundinnen am Kaminfeuer – das Weltgeschehen würde bald vergessen, dass es überhaupt eine Mary Stuart gab. Nachdenklich schüttelte sie den Kopf. Sie wollte nicht für immer die trauernde Witwe sein. Auf Bällen nur noch in Schwarz tanzen – wenn überhaupt. Keinen Anteil an den Intrigen der Höfe und den Läufen der Politik nehmen. Sie hatte ganz sicher nicht das Machtbewusstsein einer Catharina von Medici – aber völlig ohne Einfluss wollte sie auch nicht sein.

Irgendwann begann Mary in ihrem dünnen Kleid zu frösteln. Der Himmel wurde im Osten allmählich heller, die Nacht neigte sich dem Ende zu. Sie lenkte Agnes zurück Richtung Schloss. Ihre Zukunft – darüber würde sie nachdenken, wenn sie wieder in dem düsteren Trauerzimmer war.

23

Ich möchte für die Seele meines Gatten beten und mich vom Geschehen hier am Hof zurückziehen!"

Mary stand selbstbewusst vor Catharina. Die strenge Trauerzeit im finsteren Sterbezimmer war endlich vorbei, ihr stand es frei zu tun, was sie wollte. Natürlich nur, solange es die neue Regentin genehmigte. Catharina ließ keine Gelegenheit aus um Mary spüren zu lassen, wer jetzt die Macht am Hof besaß. Mit viel Geschick hatte sie dafür gesorgt, dass aus Marys Vermählung mit dem spanischen Thronfolger nichts wurde. Sie hatte kurzerhand dem Infanten ihre Tochter Margot als Gattin angeboten, ein deutlich besseres Angebot als Mary es war.

Allerdings hätte Mary sich dafür am liebsten bei ihrer Schwiegermutter bedankt, denn so entging sie der Ehe mit einem blöden Buckligen.

Doch der Kardinal schäumte vor Wut.

Nun wollte Mary sich in ein Kloster zurückziehen. In dem bedrückenden Trauerzimmer hatte sie keine klaren Gedanken fassen können, sie kreisten immer wieder um den sinnlosen Tod von François. Aber die Ruhe in einem Kloster würde ihr sicher gut tun. Sie wollte so schnell wie möglich den Hof verlassen. Ihr Ziel war das Kloster in Reims, in dem ihre Tante Renée Äbtissin war. Mary hatte Renée in den letzten Jahren nur selten gesehen, als Einzige der Guisen hielt sich ihre Tante fern vom Hof. Sie verbrachte die Tage lieber in stillem Gebet und widmete sich der Pferdezucht.

Zum Glück gewährte Catharina Mary ihre Bitte. Sie durfte sich vom Hof entfernen. Mit einem Blick auf die schneebedeckte Landschaft warnte Catharina sie nur vor einem übereilten Aufbruch.

Tatsächlich musste Mary sich noch einige Wochen gedulden, bis ein paar mildere Tage die Reise nach Reims möglich machten. Als sie mit Agnes, Flamina und einer kleinen Eskorte aufbrach, fühlte sie sich zum ersten Mal seit langer Zeit fast frei. Agnes schritt unter ihr munter aus, sie war ebenso glücklich wie ihre Reiterin, endlich dem dunklen Stall entkommen zu sein. Schon am Abend des nächsten Tages wurde die kleine Reisegesellschaft von Renée am Tor des Klosters in Empfang genommen.

Renée nahm Mary in den Arm und sah ihre Nichte prüfend an. Sie stellte nicht viele Fragen, sondern führte Mary erst einmal zu ihrem Zimmer. Im Vergleich zu den prunkvollen Schlössern, in denen Mary die letzten Jahre gelebt hatte, war die Klosterzelle sehr schlicht – aber Mary fühlte sich von der ersten Sekunde an wohl. Die Wände waren weiß gekalkt, ein Kruzifix und das Wappen der Guisen über dem Kamin waren der einzige Schmuck. Ein schlichtes Bett in der Ecke, ein kleiner Schreibtisch und ein gemütlicher Sessel vor dem prasselnden Feuer vervollständigten die Einrichtung.

Renée lächelte, als sie sah, wie ihre Nichte sich erschöpft in die Polster fallen ließ. „Ich werde in der Küche Bescheid sagen, dass Schwester Benedicta dir ein Abendessen bringt." Schon verschwand Renée aus dem Zimmer.

Mary starrte gedankenverloren ins Feuer. In ihr breitete sich Ruhe aus. Endlich war sie Catharinas Fängen entkommen. Bis sie im Kloster Neuigkeiten vom Hof erfuhr, würden es schon keine Neuigkeiten mehr sein. Sie musste sich in nächster Zeit endlich mal nicht mit den Regeln der Macht und den Intrigen am Hof auseinander setzen.

Es klopfte an der Tür und eine rundliche Nonne mit freundlichem Gesicht trat ein. Das musste Bendicta sein. Sie brachte ein voll beladenes Tablett mit gebratenen Tauben, weichem Käse und frischem Brot – Mary aß das erste Mal seit François' Tod wieder mit Appetit. In dem schwarz verhängten Trauerzimmer hatte sie fast nichts heruntergebracht.

Flamina kam in das Zimmer, um ihr Gesellschaft zu leisten. Sie beobachtete ihre Herrin eine Weile schweigend und bemerkte schließlich: „Der Aufenthalt im Kloster tut dir jetzt schon gut. Ich hatte schon Sorge, du würdest nie wieder etwas essen."

Mary nickte, während sie sich noch ein Stück Käse in den Mund steckte.

„Ich fühle mich hier zum ersten Mal frei. Im Schloss bekommt man keine Luft mehr. Die Regentin, die jeden spüren lässt, wie wichtig sie ist. Der Kardinal, der verzweifelt nach jedem Fetzen Macht hascht, den er noch greifen kann. Keinen hat interessiert, was ich will oder wie ich meine Zukunft plane. Ich denke, hier werde ich bald eine Idee haben ..."

In den ersten Tagen überließ Renée die beiden jungen Frauen ganz sich selbst. Sie fragte in ihrer unauffälligen Art nur hin und wieder nach einem Wunsch und sorgte ansonsten dafür, dass niemand Mary störte.

Mary machte lange Ausritte mit Agnes und kehrte ganz allmählich in die Welt der Lebenden zurück.

Einige Wochen später hielt der Frühling Einzug. Die Bäume glänzten mit frischen grünen Trieben und die ersten Blumen zeigten sich in geschützten Winkeln des Klosters. Mary saß mit geschlossenen Augen im Garten. Sie genoss die ersten Sonnenstrahlen, die ihr Gesicht wärmten. Endlich wurde es milder, der endlose Winter war vorbei. Sie sog den Geruch nach Erde und frischem Gras ein und hörte den Vögeln zu, die laut zwitschernd die Wiederkehr der Sonne feierten. Sie gab sich ganz dem Gefühl der völligen Geborgenheit hin.

Sie öffnete die Augen auch nicht, als Schritte sich näherten. Wer sollte sie schon stören? Die Nonnen sicher nicht und Flamina freute sich, wenn Mary sich erholte. Sie hörte, wie die Schritte direkt vor ihr anhielten. Jemand stellte sich zwischen sie und die Sonne. Mary blinzelte empört. Eine massige Gestalt stand vor ihr, die sie nicht genau erkennen konnte, weil die Sonne sie blendete.

Mary runzelte ungehalten die Stirn. „Wenn Ihr die Freundlichkeit hättet, Euch aus der Sonne zu begeben, wäre ich äußerst dankbar. Wer seid Ihr, dass Ihr es wagt, meine Ruhe zu stören?“

Eine tiefe Männerstimme mit einem harten, kehligen Akzent antwortete ihr.

„In der Tat, du bist hier völlig verweichlicht. Sitzt in der Sonne und scherst dich einen Dreck darum, was in der Welt passiert!“

Mary legte die Hand über die Augen und versuchte zu erkennen, wer sie da so beschimpfte. Sie kannte diesen Mann nicht.

„Und mit wem habe ich an diesem friedlichen Tag das bisher sehr begrenzte Vergnügen?“, wollte sie wissen.

Ein raues Lachen antwortete ihr.

„Du erkennst deinen eigenen Bruder nicht mehr? Früher hast du meinen Rockzipfel nicht losgelassen!"

Mary sprang auf.

„James? James Stuart?!"

Der Mann lachte noch einmal.

„Schön, dass du dich doch an deinen schottischen Halbbruder erinnerst."

Mary fiel ihm um den Hals. Es stimmte: Als Kind hatte sie James verehrt, er war damals ihr Held. So groß, so stark, so furchtlos. Nun war er zu einem untersetzten Mann mit breitem Kreuz, wildem Bart und tief liegenden dunklen Augen herangewachsen. Ihre Verwandtschaft zeigte sich nur in der Farbe der Haare – die Halbgeschwister hatten beide flammend rotes Haar.

Mary deutete einladend auf die steinerne Bank neben sich. „Nimm Platz. Erzähl, wie es dir in Schottland ergangen ist. Man hört viele Gerüchte aus Edinburgh! Stimmt es, dass du die Neugläubigen unterstützt …?"

James hob die Hand um ihren Redefluss zu stoppen.

„Halt, warte. Ich berichte dir gern von deiner Heimat, aber eins nach dem anderen. Leider habe ich nur wenig gute Nachrichten im Gepäck. Seit dem Tod deiner Mutter taumelt das Land führungslos dahin. Die Adeligen haben beschlossen, dass der neue Glaube künftig in Schottland der allein gültige sein soll. Es ist verboten, die katholische Messe zu feiern. Die Engländer stehen jenseits der Grenze und warten nur darauf, in Schottland einzufallen. Und die Franzosen beschützen uns nicht mehr, unsere Königin ist ja nicht mehr ihre Königin."

James musterte Mary und versuchte in ihrem unbewegten Gesicht zu lesen, bis er fortfuhr: „Ich wurde von den Adeligen hierher geschickt, um die Königin zu bitten, wieder in ihre Heimat zurückzukehren. Mary, dein Land braucht dich! Du kannst dich nicht einfach hinter Klostermauern verstecken und um deinen Gemahl trauern. Du musst wieder kämpfen! Für deinen eigenen Thron!“

Mary sah James ernst an. „Wie kann mich das Volk vermissen? Ich habe das Land verlassen, als ich noch ein Kind war. Keiner erinnert sich an mich. Und ich darf in meinem eigenen Königreich nicht einmal mehr eine katholische Messe feiern. Was soll ich da?“

James schüttelte heftig den Kopf.

„Natürlich wirst du mit einer Sondererlaubnis deine Messe feiern dürfen. Das Volk braucht jemanden, dem es vertrauen kann. Nicht eine Horde Adelige, die sich nicht einigen können, wer jetzt das Sagen hat. Du bist die Einzige, die von Geburt an dazu bestimmt ist, unsere Königin zu sein! Bitte, lehne meinen Vorschlag nicht sofort ab. Denk erst einmal in Ruhe darüber nach!“

Geschickt lenkte James das Gespräch auf andere Dinge. Er erzählte ausführlich von seiner Familie und sagte schließlich: „Der Ruf deines Pferdes ist bis nach Schottland gedrungen. Angeblich gibt es in Frankreich kein schnelleres Pferd als deine Stute. Ich würde sie gern einmal sehen – führst du mich zu ihr in den Stall?“

Mary erhob sich bereitwillig. Sie erinnerte sich, dass James mindestens so pferdeverrückt war wie sie selbst. Als Kind hatte James ihr ein kleines Shetlandpony geschenkt, mit dem sie durch die Gärten der Schlösser galoppiert war. Sie hatte sogar ein paar Ponys mitgenommen, als sie das erste Mal nach Frankreich gekommen war. Die königlichen Kinder, sie eingeschlossen, hatten sich jahrelang Rennen auf den kleinen zotteligen Vierbeinern geliefert. Sie lächelte bei dieser Erinnerung. Schon damals war François einfach nicht zu bremsen gewesen.

Sie führte James zu den geräumigen Klosterstallungen. In den hellen Räumen mit dem schönen Gewölbe waren großzügige Unterkünfte für die Pferde gebaut worden. Renée züchtete hier die besten Zelter im Land.

Direkt im ersten Verschlag stand Black Agnes und begrüßte ihre Reiterin mit einem leisen Wiehern.

James streichelte der Stute über die Nase und sah sich ihre Figur und ihre Beine mit Kennerblick an.

„Sie sieht großartig aus. Ich würde sie gern laufen sehen. Was hältst du von einem kleinen Ausritt? Hast du auch ein Pferd für mich?"

Mary war begeistert. „Natürlich! Agnes braucht heute ohnehin noch Bewegung." Sie machte eine weite Handbewegung, die den ganzen Stall umfassen sollte. „Such dir einfach ein Tier aus. Renée züchtet die feinsten Pferde und heute hat noch keines seinen Unterstand verlassen."

James ging die Unterstände entlang und wählte mit viel Bedacht einen knochigen Fuchshengst, der mit seinen langen Ohren und seiner schütteren Mähne wahrlich keine Schönheit war.

Mary lächelte. Ihr Bruder hatte offensichtlich ein Auge für Pferde. Der Fuchs war zwar hässlich, aber neben Agnes das beste Jagdpferd im Stall. Sie zeigte James die Sattelkammer und machte Agnes dann fertig, während James sich um den Fuchs kümmerte. Sie genoss in diesem Kloster sogar die Abwesenheit von Stallknechten, denn so fühlte sie sich weniger beobachtet.

Wenig später ritten die Halbgeschwister nebeneinander auf dem schmalen Weg, der hinter dem Kloster über die Felder führte. Die ersten zarten grünen Spitzen zeigten sich in der dunklen Erde, der blassblaue Himmel war wolkenlos.

James fasste die Zügel des Fuchses kürzer. „Lass uns ein wenig galoppieren! Ich muss sehen, ob deine Stute wirklich so schnell ist!"

Mary lachte, für Sekunden fühlte sie sich wieder in ihre Kindheit zurückversetzt.

„Lieber Bruder, ich lasse dir sogar ein paar Meter Vorsprung! Galoppiere an, ich lege erst los, wenn du an der einsamen Weide da vorn vorbei bist."

Das ließ James sich nicht zweimal sagen. Er schnalzte auffordernd und jagte mit dem Fuchs davon. Agnes tänzelte nervös und versuchte zu steigen, bis Mary ihr endlich erlaubte dem Fuchs hinterherzugaloppieren. Sie duckte sich in die flatternde Mähne, während ihr der Wind die Tränen in die Augen trieb. Es vergingen nur wenige Augenblicke, bis sie den Fuchs direkt vor sich sah. Agnes war in zwei oder drei Galoppsprüngen neben ihm und hängte ihn dann mühelos ab. Mary ließ Agnes weiterrennen, bis sie an einen schmalen Bach kamen, an dem einige Trauerweiden standen, deren Äste bis ins Wasser reichten. Sie hatte diesen Fleck in den letzten Wochen ins Herz geschlossen, weil er so viel Frieden ausstrahlte.

Agnes' Atem hatte sich schon fast wieder beruhigt, als der Hufschlag des Fuchses endlich näher kam. Agnes winkte James zu, neben ihr anzuhalten. Sie grinste. „Man sollte nicht jedes

Gerücht glauben, lieber Bruder, aber dieses Pferd ist wirklich unschlagbar!"

James war begeistert. „Sie ist großartig. Du musst unbedingt mit ihr züchten! Wie heißt sie eigentlich?"

„Black Agnes."

James runzelte die Stirn und schüttelte den Kopf. „Das ist sonderbar. Weißt du überhaupt, nach wem sie benannt ist?"

Mary zuckte die Schultern. „Nein. Ich weiß nicht einmal, wer ihr den Namen gegeben hat. Sie hat sich ja von niemandem reiten lassen, bis sie zu mir kam."

James konnte sich ein Lachen kaum verkneifen. „Dann muss sie ihren Namen wohl von einem Schotten erhalten haben! Denn die echte Lady Black Agnes war genauso unbesiegbar. Willst du ihre Geschichte hören?"

Mary nickte und James fing an zu erzählen, während sie gemütlich im Schritt am Bach entlangritten.

„Diese schottische Lady hat vor über hundert Jahren ihr Schloss Dunbar erfolgreich gegen die englische Übermacht des Grafen von Salisbury verteidigt. Ihr Mann war in dieser Zeit selbst mit der Armee unterwegs. Nach einem schweren Angriff mit Steinschleudern ließ sie ihre Dienstmädchen in ihren besten Kleidern die Burgmauern mit weißen Tüchern putzen – nur um zu zeigen, dass sie von den Engländern nicht im Geringsten beeindruckt war. Der Graf von Salisbury brachte dann einen Rammbock in Stellung und wollte das große Tor einrennen. Black Agnes hatte aber schon einen Stein, der vorher mit der großen Schleuder in den Schlosshof geworfen worden war, über dem Tor in Stellung bringen lassen und ließ ihn jetzt hinunterkrachen. Der Rammbock zersplitterte in tausend Stücke.

Die Belagerung zog sich einige Monate lang hin, das Essen auf Schloss Dunbar wurde knapp. Doch die schottischen Landsleute ließen ihre Lady nicht im Stich und brachten ihr nachts mit Booten etwas zu essen – das Schloss hatte unter dem Wasserspiegel des Grabens Tore, durch die man schwimmend und tauchend ins Innere gelangen konnte. So hatte die Lady wieder Nachschub. Sie schickte am nächsten Morgen dem Grafen ein frisches Brot mit ihren besten Wünschen.

Der Graf versuchte es dann mit Bestechung: Er gab einem der Wächter Gold, damit er nachts das Tor öffnete. Der Mann nahm das Gold, erzählte aber seiner Lady von dem hinterhältigen Plan. So wurde in der Nacht zwar das Tor geöffnet, aber kaum hatte der erste Engländer einen Fuß in das Schloss gesetzt, wurde das Tor wieder geschlossen und die Lady hatte eine Geisel.

Zu guter Letzt brachte der Graf von Salisbury noch den gefangenen Ehemann von Black Agnes vor das Tor und drohte damit, ihn umzubringen, wenn Agnes sich nicht endlich ergeben würde. Agnes hatte unglaubliche Angst um ihren geliebten Mann, aber sie stellte sich auf die Zinnen und rief dem Grafen zu, dass sie nach dem Tode ihres Mannes ja wohl die rechtmäßige Besitzerin von Schloss Dunbar sei. Warum sollte sie also kapitulieren?

Der Graf gab nach langen Monaten endlich auf. Noch heute wird die schwarze Lady als Heldin in Schottland verehrt. Sie hat mehr Mut gezeigt als jeder Mann ihrer Zeit. Als der Graf von Salisbury damals abzog, dichtete er ein Lied über Lady Black Agnes, das noch heute in den Highlands gesungen wird. Es geht so:

„Ob im Turm oder Graben, sie verlor nie den Mut,
diese trotzige, wilde, schottische Brut.
Ich kam nachts und am Tag, zu Fuß und hoch zu Ross,
aber Agnes hielt immer Wache über ihr Schloss.“

James verstummte, nachdem er das Lied gesungen hatte.

Mary runzelte die Stirn. War es ein Zufall, dass sie ausgerechnet ein Pferd mit dem Namen einer schottischen Freiheitsheldin besaß? Oder sollte das etwas bedeuten? Sie versuchte sich an ihre schottische Heimat zu erinnern. Sicher, sie war noch ein kleines Kind gewesen, als sie nach Frankreich gekommen war. Aber sie erinnerte sich deutlich an dunkle Burgen und die raue Sprache der Schotten, an Kälte und Regen.

James betrachtete seine Halbschwester. Vor seinem inneren Auge tauchte das lebhafte, bildhübsche Kind auf, das Mary vor ihrer Abreise gewesen war. Ihr war kein Ritt zu schnell, kein Baum zu hoch gewesen – sie kannte das Wort „Angst“ einfach nicht. Er hatte sie nun seit über zehn Jahren nicht gesehen. Aus Mary war eine echte Lady geworden.

Er betrachtete ihr ovales, schmales Gesicht mit den großen bernsteinfarbenen Augen. Die dunkle Trauerkleidung ließ Mary fast unnatürlich blass erscheinen. Sie streichelte mechanisch den kräftigen Hals der Stute, schien aber in Gedanken ganz weit weg zu sein.

Endlich kam sie wieder zu sich. Sie räusperte sich.

„Wir sollten zum Kloster zurückreiten, es wird Zeit für das Abendessen. Ich wette, Benedicta hat etwas Köstliches gezaubert. Ich habe die Jäger am Vormittag mit ein paar Fasanen heimkommen sehen.“

Damit wendete sie ihre Agnes und trabte flott Richtung Kloster. James hatte den Verdacht, dass sie die Tränen vor ihm verbergen wollte, die ihr die Wangen hinunterliefen. Er zuckte mit den Schultern und trieb seinen Fuchs ebenfalls an.

24

Am nächsten Morgen suchte Mary nach James. Sie fand ihn an einen Koppelzaun gelehnt. Er betrachtete Agnes, die gemütlich von einem Grashalm zum nächsten schlenderte und sich ihr Frühstück zusammensuchte.

Mary stellte sich neben ihren Halbbruder und kam ohne Umschweife zur Sache. „Was erwartet mich in Schottland? Warum wollt ihr wirklich, dass ich zurückkehre?"

James war über die Fragen nicht überrascht.

„Schottland hat seit dreizehn Jahren keine Königin mehr im Land. Das Volk sehnt sich nach einem sichtbaren Beweis, dass es nicht völlig von den Engländern überrannt ist. Sie suchen nach einer Lichtgestalt. Und was mich angeht: Ich glaube, dass du die zerstrittenen Lords wieder einen kannst. Wenn uns das nicht gelingt, dann wird Schottland irgendwann nur noch ein Teil von England sein. Das darf nicht passieren. Die Highlands müssen immer die Heimat der Tartans und Dudelsäcke bleiben."

Mary leuchteten die Argumente ein. Trotzdem fragte sie weiter.

„Wie sehr wird sich mein Leben verändern?"

James legte ihr seine Hand auf die Schulter. „Liebe Mary, dein Leben hat sich schon von Grund auf geändert. Es ist jetzt die Frage, ob du es in die eigene Hand nehmen oder ob du deinem Onkel die Entscheidung überlassen willst, wen du heiratest – und wann. Bedenke aber: Hier in Frankreich kannst du im Luxus leben, du wirst keine Annehmlichkeit aufgeben müssen. Schottische Schlösser sind nur halb so schön, es regnet und ist kalt – und die schottischen Adeligen sind nicht so folgsame Lämmer wie die Franzosen hier am Hof. Dein Leben wird nicht mehr so bequem oder so friedlich sein wie hier im Kloster. Aber es ist dein eigenes. In deinem eigenen Land."

Mary blickte nachdenklich zu Black Agnes hinüber. Die Stute schien ihren Blick zu spüren, hob den Kopf und sah ihre Herrin an. Dann schüttelte sie die üppige Mähne und trabte zu Mary an den Zaun. Mary rieb die Stelle zwischen den Augen, an der Agnes am liebsten berührt wurde.

„Na, mein Mädchen, was meinst du – wird es Zeit für eine kleine Reise?"

Mary sah ihren Halbbruder entschlossen an. „Ich habe mich entschieden. Wann kann ich frühestens mit einem Schiff übersetzen?"

James lächelte und zuckte die Schultern.

„Das kommt auf Catharina an – und wie dringend sie dich loswerden will."

Mary begann zu lachen und es klang plötzlich wieder wie das Lachen eines jungen Mädchens.

„Wenn es nach ihr ginge, dann stünden die Schiffe schon bereit …" Sie wickelte sich Agnes' Mähne um die Hand und schwang sich mühelos auf den blanken Rücken der großen Stute. Von oben sah sie auf James herab.

„Ich kümmere mich um alles – dann soll Schottland noch dieses Jahr seine Königin zurückbekommen." Sie klopfte Agnes' Hals. „Und die Königin wird auf dem schnellsten Pferd Schottlands reiten!"

Bei diesen Worten lachte Mary noch einmal, drückte ihre Fersen in Agnes' Seite und galoppierte über die Koppel davon.

James sah ihr kopfschüttelnd nach.

Was würde mit dieser Königin in Schottland passieren?

Epilog

Mary trat am 15. August 1561 an einem trüben und nebligen Tag in Calais mit zwei Galionen den Heimweg nach Schottland an. Auf dem einen war sie mit Flamina, James und einigen Vertrauten. Das andere Schiff sollte die Pferde, unter ihnen natürlich Black Agnes, sicher über das Meer bringen.

Die englische Königin hatte ihr den Brief, der freies Geleit durch englisches Hoheitsgebiet garantierte, verweigert. So drohte ständig die Gefahr eines Überfalls durch englische Freibeuter. Kurz bevor die französischen Schiffe ihr Ziel erreichten, schlugen die Engländer tatsächlich zu.

Glück im Unglück: Sie kaperten nur das Schiff mit den Pferden und zwangen den Kapitän dazu, einen englischen Hafen anzusteuern.

Black Agnes sollte also künftig in England bleiben – aber die stolze Stute machte diese Pläne zunichte. Sie ließ sich von keinem Engländer besteigen, erst recht nicht von der englischen Königin. Der blieb schließlich nichts anderes übrig als die Rappstute mit den besten Wünschen nach Schottland zu schicken. Mary bekam ihre geliebte Agnes wieder und ritt künftig mit ihr über die schottischen Highlands – oder weiter als Stallbursche verkleidet durch die Straßen von Edinburgh …

Leseprobe aus

Das Königspferd

von Katrin Kaiser

Man sollte sich also angewöhnen, sich auf einem hitzigen Pferd besonders ruhig zu verhalten und es so wenig wie möglich zu erschrecken!“

Schon wieder Xenophon. Vor fünfzig Jahren hatte der alte Reitergeneral seine Weisheiten aufgeschrieben, jetzt dozierte Philoneicus endlos aus Xenophons Schriften. Nicht, dass der alte General nicht Recht hätte. Aber immer wieder … Xene verdrehte die Augen. Ihr Vater konnte sich nur selten ein Zitat verkneifen.

Allerdings zeigte der schwarze Hengst, dass der alte Pferdekenner Recht hatte. Manchmal reichte schon eine schnelle Handbewegung um ihn für den ganzen Tag zu verschrecken. Seit er vor fast drei Jahren im Hochland Thessaliens auf die Welt gekommen war, hatte er eine Sonderstellung unter den jungen Pferden auf Philoneicus’ Gestüt beansprucht. Er hatte sich gegen die Trennung von seiner Mutter gewehrt, sich lange nicht am Halfter führen lassen und jede Möglichkeit genutzt um den Menschen zu zeigen, dass er stärker war.

Xene sah über die Koppel zu ihm hinüber. Der Rappe war zu einem gewaltigen Hengst herangewachsen. Obwohl er noch nicht austrainiert war, hatte er einen starken Nacken und kräftige Schenkel. Seine Beine waren muskulös und klar, jede Sehne zeichnete sich unter dem seidigen Fell ab. Sein Kopf zeigte seinen ganzen Adel – eine breite Stirn, große dunkle Augen und einen langen Schopf. Dazu die Blesse, die sich bis hinunter auf die Nüstern zog. Die Adern traten bei der geringsten Erregung fingerdick unter der dünnen, feinnervigen Haut hervor.

Und dann sein unglaublicher Eigensinn, der sich täglich mehr zeigte. Der Schwarze ließ sich zu nichts zwingen. An einem Tag stand er brav still, während Xene ihn pflegte, an anderen Tagen wollte er keine einzige Berührung dulden, stampfte ungeduldig auf, wenn sich nur eine Mücke auf sein seidiges Fell setzte.

Schon seit seiner Geburt war er Xenes Liebling gewesen. Sie würde sich immer daran erinnern, wie sie gemeinsam mit ihrem Vater in dem dunklen kühlen Stall dem schweren Atem der braunen Stute gelauscht hatte. Die erste Morgendämmerung erhellte gerade den Himmel, als der kleine Hengst auf die Welt kam, seine rosa Nase auf die langen schwarzen Vorderbeine gepresst. Als kleines Fohlen hatte sie ihm beigebracht, auf einen Pfiff zu ihr zu kommen. Für einen Fremden wirkte es oft, als ob Xene die Gedanken des Hengstes lesen konnte. So ahnte sie die schlechten Tage des Rappen schon in der Früh. Eine kleine Bemerkung ersparte ihr dann viele Kämpfe. Wenn Xene sagte, dass „der Schwarze heute eine Pause braucht", wusste Philoneicus, dass er besser auf das Training verzichtete.

Dabei tat er das ungern. Nie hatte er ein besseres Pferd gezüchtet als diesen Hengst. Leider war er so ungebärdig, dass er nur von seiner Tochter gebändigt werden konnte. Und von Bändigen konnte da eigentlich auch nicht die Rede sein. Sie konnte ihn am besten zur Mitarbeit überreden, das war alles.

Xene selber war ebenfalls ein Problem für den alten Pferdezüchter. Seitdem sie laufen konnte, war Xene immer lieber im Stall gewesen als bei ihrer Mutter in der Küche und im Haushalt. Philoneicus hatte lange versucht Xene wenigstens für die Hälfte des Tages an die Pflichten im Haushalt zu gewöhnen. Ganze Vormittage hatte Xene mit klebrigem Teig beim Kuchenbacken zugebracht, sie hatte Mehlsäcke in der Vorratskammer gezählt oder farbige Bänder an ein Gewand, den so genannten

Chiton, genäht. Ihre Mutter Irini hatte sich sehr bemüht, aus ihrer eigenwilligen Tochter eine gute Hausfrau zu machen. Aber Xene war einfach nicht interessiert.

Schon auf den ersten Blick wirkte sie im Vergleich zu anderen Mädchen wie ein Fremdkörper. Sie war einen halben Kopf größer als die meisten, schlank und durchtrainiert. Wilde schwarze Locken, die sich hartnäckig weigerten, von einem Kamm gebändigt zu werden, umrahmten ihr Gesicht. Frühmorgens sah sie noch gesittet aus, aber spätestens am Nachmittag standen ihre Haare in alle Richtungen vom Kopf ab. Unter den widerspenstigen Locken leuchteten große braune Augen, die jedem direkt ins Gesicht blickten. Niedergeschlagene, demütige Blicke waren gegen Xenes Natur. Und dann dieser eigenwillige Mund, der immer so wirkte, als ob sie spöttisch über irgendetwas lächelte. Während andere Mädchen schon von einem eigenen Haushalt träumten, wollte Xene immer nur im Stall sein.

Philoneicus hatte sich damit abgefunden. Statt aus seiner Tochter eine Hausfrau zu machen, sorgte er dafür, dass Xene alles über Pferde lernte, was es zu wissen gab. Und wenn Philoneicus sich nicht selber um Xene kümmern konnte, dann war der alte Knecht Simonas an der Reihe. Kleine Verletzungen heilen, einen Wagen steuern oder einen Zaum reparieren – es gab nur wenig Dinge, von denen Xene keine Ahnung hatte. Sie, die sich so ungeschickt bei den einfachsten Aufgaben im Haus anstellte, war wie verwandelt, wenn es um Pferde ging. Ein Kleid nähen – unmöglich. Dafür konnte sie nicht stillsitzen. Aber einem jungen Pferd die ersten Grundbegriffe des Gehorsams beibringen – da verwandelte sich Xene in ein unendlich gutmütiges Geschöpf. Kein Tag wurde ihr dafür zu lang. Vor allem dann, wenn es um diesen Rappen ging. Xene sagte genau voraus, ob er sich benehmen würde oder nicht – und von ihr ließ er sich auch anfassen und dirigieren. Meistens zumindest.

Heute sollte der Hengst das erste Mal einen Menschen auf seinem Rücken dulden. Dabei konnte ein Ratschlag des alten Xenophon nicht schaden. Doch Xene wusste selbst, wie sie mit ihrem schwarzen Liebling umgehen musste. „Na, du alter Stierkopf!", begrüßte sie ihn auf der Koppel. Er trabte auf sie zu, voll Vertrauen, dass ihm von diesem Mädchen nichts Böses geschehen würde. Xene streifte ihm ein Halfter über und führte ihn zum Stall. Der Hengst war heute gut gelaunt, das spürte sie.

Schon seit einem Jahr hatte sie mit ihm das Auftrensen geübt. Vorsichtig schob sie ihm jetzt das weiche Gebiss ins Maul. Doch diesmal griff sie danach in seine dichte lange Mähne und schwang sich leicht wie eine Feder auf den Rücken des Rappen. Eine Sekunde lang spürte sie seine gewaltige Überraschung. Zwischen ihren Knien schlug das Herz des Hengstes. Leise redete sie auf ihn ein.

Philoneicus beobachtete seine Tochter. Hochkonzentriert saß sie auf dem Schwarzen, murmelte vor sich hin und es geschah – nichts. Die kleinen Ohren des Pferdes spielten, aber er rührte sich nicht. Bis Xene leicht die Fersen in seine Seiten drückte und mit der Zunge schnalzte. Der Schwarze machte einen zögernden Schritt um dann regelrecht zu explodieren. Plötzlich schnellte er vorwärts, buckelte kräftig und rannte mit hocherhobenem Kopf los. Xene geriet ins Rutschen, als der Hengst buckelte, zog sich jedoch an der langen Mähne wieder auf seinen Rücken. Der Schwarze stürmte los, als seien alle Hunde der Unterwelt hinter ihm her. Xene krallte sich in die Mähne. Der Boden unter ihr flog dahin, der Wind trieb ihr Tränen in die Augen. Als sie vorsichtig an den Zügeln zupfte, legte der Schwarze noch einmal an Tempo zu. Die lang gezogene Talsenke, in der Philoneicus' Gestüt lag, stieg gegen Ende an, bis sie zu einem Hügelkamm führte. Binnen kürzester Zeit hatte der Schwarze diesen Kamm erreicht. Hier oben verlief der Weg wieder fast eben und der Schwarze streckte sich in rasendem Galopp.

Xene spürte, wie der scharfe Pferdeschweiß an ihren Knien brannte. Sie spürte aber auch den Spaß, den der Hengst an seiner eigenen Bewegung hatte. Von Angst war keine Spur mehr zu entdecken. Xene entspannte sich etwas. Konnte es sein, dass dieser schwarze Sturschädel einfach nur Spaß am Rennen hatte? Ja, offensichtlich. Und genau jetzt verließen ihn ein wenig die Kräfte. Sie richtete sich auf und zupfte noch einmal an den Zügeln. Und diesmal fiel der Schwarze in einen entspannten Trab, der kurz darauf in einen ruhigen Schritt überging. Zu allem Überfluss blieb er auch noch stehen und zupfte an ein paar vertrockneten Grashalmen. Xene glitt erschöpft von seinem Rücken und streichelte seine verschwitzten Flanken.

„Du hast mir einen ganz schönen Schreck eingejagt", flüsterte sie. „Dabei wolltest du nur mal wieder richtig rennen. Du bist ein richtiger Sturkopf – Stierschädel eben."

Der Weg zurück in den Stall war weit und das Pferd erholte sich in wenigen Minuten von seiner atemberaubenden Rennerei. Xene dachte nicht lange nach, sondern führte ihn zu einem Steinblock, von dem aus sie schnell aufsaß.

Sie lenkte seinen Kopf Richtung Tal und drückte wieder die Fersen in seine Seiten. Er schritt gemütlich nach Hause, als sei es das Normalste der Welt. Xene hatte schon den halben Weg zurückgelegt, als der Schwarze wieder unruhig wurde. Er hob den Kopf, blähte die Nüstern und fing an zu tänzeln. Xene zog die Zügel stärker an. Ein Rennen am Tag reichte ihr völlig. Der Hengst stieg leicht, als ihnen an der nächsten Wegbiegung eine Gruppe Reiter entgegenkam, allen voran Philoneicus. Der sah seine Tochter halb verdeckt von der flatternden Mähne auf dem steigenden Hengst und konnte es kaum fassen, dass sie immer noch auf seinem Rücken saß.

Xene winkte ihm sorglos zu. „Er ist nur erschrocken, weil er euch gehört hat. Sonst ist er eigentlich ganz brav!" Brav sah das zwar nicht aus, was das Pferd da veranstaltete. Aber Philoneicus hatte sich schon lange abgewöhnt mit seiner Tochter über die Gemütslagen von diesem Pferd zu diskutieren. Wenn sie brav sagte, dann war er das wohl auch.

Gemeinsam ritten sie zurück zu den Stallungen. Dort glitt Xene in einer fließenden Bewegung vom Rücken des Rappen, nahm eine Bürste und fing an ihm das schweißverklebte Fell auszubürsten. Liebevoll rieb sie danach mit einem weichen Tuch über den Hengst, bis er wieder glänzend in der Sonne stand. Dann nahm sie ihm das Zaumzeug ab und schickte ihn mit einem kleinen Klaps weg.

Philoneicus sah staunend zu. Jede dieser Bewegungen sah unendlich vertraut aus – nicht so, als ob der Hengst gerade den ersten Ausritt seines Lebens hinter sich gebracht hätte.

In den nächsten Wochen zeigte sich, dass der Hengst das Zeug dazu hatte, sich zu einem wertvollen Pferd zu entwickeln. Egal um welche Lektion es sich handelte – er lernte schnell und willig. Sein unbezähmbarer Drang zur Geschwindigkeit ließ sich zwar nicht immer bändigen, aber er lernte trotzdem über Gräben und Mauern zu springen oder aus der völligen Ruhe loszugaloppieren. Die Sache hatte nur einen Haken: Alle diese Dinge hatte er bisher nur von und mit Xene gelernt. Sie pflegte ihn, fütterte ihn, ritt ihn. Wenn Philoneicus sich dem Schwarzen näherte um ihn auch einmal zu reiten, wurde er sofort unruhig, tänzelte, warf den Kopf hoch und unternahm alles Mögliche, um den Mann nicht auf seinem Rücken spüren zu müssen. Diese Eigenheit gab Philoneicus zu denken. Wie hatte der alte Xenophon schon geschrieben? „Der beste Rat ist aber, ein zu feuriges Pferd nicht für Kriegszwecke zu kaufen." Schade. Denn die Makedonier zahlten für Schlachtrösser hohe Preise.

König Philipp zog zu dieser Zeit in immer neue Schlachten um Makedonien noch weiter zu vergrößern. Seine adeligen Reiter, die Hetairen genannt wurden, waren weithin gefürchtet. Sie suchten ständig nach neuen, schnellen Pferden, die sie auch auf Paraden gut aussehen ließen. Seit der Schlacht auf dem Krokusfeld gehörte auch Thessalien, wo Philoneicus' Gestüt versteckt in den Bergen lag, zu Makedonien. Seitdem lieferte der Züchter seine besten Pferde an den Hof des makedonischen Königs nach Pella.

Philoneicus sah nachdenklich über die Koppel. Das Geschäft war in den letzten Jahren eher schleppend gelaufen, seine Pferde hatten selten gute Preise erzielt. Der Rapphengst allerdings war außergewöhnlich und – so hoffte er – vielleicht sogar eines Königs würdig. Zumindest dann, wenn es dem König nichts ausmachte, dass sich der Hengst nur von einem Mädchen reiten ließ.

Was, wenn er Xene einfach nach Pella mitnahm? Sie könnte

den Schwarzen vorführen und er würde zumindest durch sein Aussehen, wenn auch nicht durch seinen Gehorsam, Aufsehen erregen. Irgendein eitler Hetaire würde vielleicht glauben, dass er den Willen des Schwarzen brechen könnte. Und Philoneicus hätte einen wohl gefüllten Beutel, wenn er den Hengst verkaufen würde.

Er betrachtete den Rest der Herde. Da war noch ein gestiefelter Brauner mit langer Nase, der das wesentlich bravere Kriegspferd abgeben würde. Den würde er auch anbieten. Dann die beiden Füchse, weder sehr schnell noch sehr wendig – dafür sprangen sie über jeden Graben. Und der Dunkelbraune mit dem weißen Stern. Der war angenehm zu sitzen, auch nach langen Ritten musste man keine wunden Schenkel befürchten. Ja, es war ein ordentliches Angebot für den König von Makedonien. Er sollte bald mit Xene und den Hengsten losziehen. Die schwächeren Stuten würde er an die umliegenden Züchter verkaufen, nur die besten verwendete er für seine eigene Zucht.

Jetzt musste er nur noch seiner Frau beibringen, dass er Xene mit nach Pella nehmen wollte.

Xene wachte mitten in der Nacht auf. Die lauten Stimmen ihrer Eltern drangen bis in ihr kleines Schlafzimmer. Sie konnte nur Wortfetzen verstehen. Neugierig richtete sie sich auf. Ihre Eltern stritten sich fast nie. Vor allem die Stimme ihrer Mutter klang erregt. Weinte sie etwa? Xene warf ihre dünne Decke zurück, schlich zur Tür ihrer Kammer und drückte sie vorsichtig auf.

Auf dem Gang konnte sie ihre Eltern verstehen. Ihr Vater schien sich mühsam zu beherrschen. „Der Rappe ist ein Vermögen wert. Aber nur, wenn Xene in der Nähe ist. Sonst ist er ein widersetzliches Mistvieh, das nur auf der Koppel gut aussieht. Wenn ich Xene nicht mitnehme, kann ich ihn nicht verkaufen. Du weißt genau, dass wir das Geld brauchen!"

„Aber Xene ist unser einziges Kind – wir könnten doch noch sparsamer wirtschaften, vielleicht ein paar Stuten mehr verkaufen ... Xene kommt doch in einer Stadt wie Pella nicht zurecht. Und dann noch der Königshof. Was denken die von uns, wenn du mit einem Mädchen auftauchst, das nichts kann, außer ein paar Pferde beruhigen. Es wirft kein gutes Licht auf meine Erziehung ... Aber das war dir ja schon immer egal."

Irinis Stimme erstarb.

Xene zitterte in ihrem dünnen Nachthemd. So sah ihre Mutter sie? Als nutzlos und minderwertig, als Stallknecht? Bloß weil sie lieber im Stall als im Wohnhaus war, lieber tragende Stuten streichelte als mit jungen Müttern von Babys zu schwärmen?

Philoneicus' Stimme klang klar und deutlich aus dem Zimmer der Eltern. „Ich bestimme es so. Nicht, weil ich es so will, sondern weil mir nichts anderes übrig bleibt. Schon die Gerste für den letzten Winter habe ich mir von unserem Nachbarn ausleihen müssen. Er wird sie mit Zinsen zurückfordern – und ich weiß immer noch nicht, womit ich unsere Pferde im nächsten Winter füttern soll. Simonas verzichtet oft auf seinen Lohn und ich habe seit Jahren kein wirklich wertvolles Pferd mehr verkauft. Philipp hält nicht so viel von meiner Zucht wie die alten Herren von Thessalien. Und ich sage dir: In Makedonien wird noch viel passieren. Im Norden liegt die Macht der Zukunft, Philipp ist noch lange nicht am Ende. Und vielleicht überzeugt ihn ja dieses Jahr meine Auswahl an Pferden. Ich brauche Xene. Vor allem: Hier fällt sie noch mehr auf. Wer soll Xene hier den Hof machen oder sie gar heiraten? Sie taugt nur für die Pferde, also soll sie sich im Stall nützlich machen. Es wird Zeit, dass du das endlich begreifst."

Xene stiegen die Tränen in die Augen. Sie hatte immer geglaubt, ihr Vater sei stolz auf ihre Gabe mit Pferden umzugehen. Stattdessen hielt er sie wohl für eine Art Missgeburt. Xene ballte die Fäuste. Sie würde es ihren Eltern schon zeigen. Sie würde in den Norden nach Pella ziehen und ihrem Vater helfen die Pferde zu verkaufen. Ohne sie würde er zumindest den Schwarzen nie loswerden. Dabei hatte Xene ihre Zweifel, ob der Stierschädel überhaupt Interessenten finden würde.

Wenn sie dann nach ein paar Wochen hierher zurückkehrte, musste sie sehen, wie es weiterging.

Mit brennenden Augen schlich Xene zurück in ihr Zimmer. Sie hatte genug gehört und wollte wirklich nicht noch mehr wissen. Merkwürdig, dass ihr die Geldsorgen ihrer Eltern vorher noch nie aufgefallen waren. Sicher, das Lederzeug war geflickt und die Gebisse nicht immer neu. Aber dass ihr Vater sich Sorgen um das Winterfutter der Pferde machte – das war Xene neu.

Sie wickelte sich in die Decke in ihrem Zimmer und dachte über ihre Zukunft nach. Was sollte nach ihrer Rückkehr aus Pella aus ihr werden? Für ein Wesen wie sie gab es eigentlich keinen Platz. Weder in Thessalien noch in Makedonien.

Pferdeabenteuer

Pferdeabenteuer - Haflinger
Gefahr in den Bergen (Band 1)

Pferdeabenteuer - Vollblutaraber
Hundert Meilen bis zum Ziel (Band 2)

Pferdeabenteuer - Isländer
Ausgerechnet Island (Band 3)

Pferdeabenteuer - Hannoveraner
Feuerball soll leben! (Band 4)

Pferdeabenteuer - Friesen
Traumpferd gesucht (Band 5)

Pferdeabenteuer - Norweger
Entscheidung für Lillebror (Band 6)